D1724756

Wichtiger Hinweis

Reproduktionen, Übersetzungen, Weiterverarbeitung oder ähnliche Handlungen zu kommerziellen Zwecken sowie Wiederverkauf oder sonstige Veröffentlichungen sind ohne schriftliche Zustimmung des Autors nicht gestattet.

Schöne Aussichten –
bei diesen Nachbarschaften! Teil 2

Autor: Michael Uhlworm
Erscheinungsdatum: Juli 2019

Weitere Veröffentlichungen des Autors:

Schöne Aussichten -
bei diesen Nachbarschaften! Teil 1

Herr Müller, Chihuahua Daisy
und der alltägliche Wahnsinn

Short Stories: Oder, kurze Geschichten
für die Bahn, die Couch oder anderswo.

Von heiter bis wolkig bis düster.
Kurze Geschichten für die Bahn,
die Couch oder anderswo.

Der manipulierte Mann
und das Wesen der Urfrau

Immer diese falschen Männer:
28 Männertypen, die FRAU nicht guttun

Und weitere ...

Schöne Aussichten –

bei diesen

Nachbarschaften!

Teil 2

Aus dem Leben des

Hausmeisters

Tino Pieper

Inhaltsverzeichnis

Prolog

Sie glauben, Hausmeister zu sein ist ein Job, der nicht viel Grips und nur etwas Handwerksgeschick erfordert? Na ja, dann möchte ich mich Ihnen einmal vorstellen.

Mein Name ist Tino Pieper, ich bin ein Hausmeister und ich lade Sie ein, mir bei einem kleinen Rechenmodell zu folgen.

So können Sie schon einmal, ganz nebenbei herausfinden wie hoch mein persönlicher Gripslevel ist.

Ich bin hauptverantwortlicher Hausmeister von zweiunddreißig Häusern.

Jedes dieser Häuser hat drei separate Hauseingänge zur jeweiligen Straße hinaus.

Das macht insgesamt sechsundneunzig Hauseingänge, wenn ich nicht irre.

Alle Häuser sind architektonisch identisch, in den neunzehnhundertachtziger Jahren gebaut worden und haben ein Parterre, eine erste und eine zweite Etage wie auch ein Dachgeschoss, das man auch als dritte Etage bezeichnen kann. Auf jeder Etagenebene gibt es zwei Wohnungen, jeweils eine links und eine rechts. Bei drei Hauseingängen beinhaltet jedes Haus also vierundzwanzig Wohneinheiten.

Diese vierundzwanzig Wohneinheiten multiplizieren wir jetzt mit den zweiunddreißig Häusern, die die Wohnanlage insgesamt umfasst und kommen auf sage und schreibe, siebenhundertachtundsechzig Wohnungen, die nach meiner Aufmerksamkeit verlangen. Selbstverständlich nicht alle gleichzeitig.

Bis hierher hat Ihr Gripsometer sicher noch keine Folgeschwierigkeiten gehabt, oder?

Dann bleiben Sie mal schön am Ball mit dieser kleinen Statistik.

Die Wohneinheiten teilen sich nämlich so auf: Achtzehn Prozent werden bewohnt von Singles, also Alleinstehenden. Zweiunddreißig Prozent der Wohnungen sind von Paaren ohne Kinder belegt.

Die Alleinerziehenden mit ein bis zwei Kindern belegen Acht Prozent der Wohnungen und die Hauptgruppe, Paare mit ein bis vier Kindern beziffern sich mit Zweiundvierzig Prozent.

So und jetzt stellen Sie sich einmal vor, oder rechnen es

sich ungefähr aus, mit wie vielen Menschen, unterschiedlichen Alters, Nationalitäten, Berufen, Bildungsgraden und so weiter, ich es tagtäglich zu tun habe. Und, halten Sie mich immer noch für einen Glühbirneneindreher mit rudimentären intellektuellen Eigenschaften?

Tja, ich mache den Job als Hausmeister jetzt seit annähernd zwölf Jahren und kann Ihnen sagen, was ich nebenher noch so alles geworden bin.

Zuallererst muss ich ein guter Psychologe für alle Lebenslagen sein. Ich muss loben, beschwichtigen, schlichten, trösten, vertrösten, abmahnen und manchmal auch zu Beisetzungen gehen und kondolieren.

Ein eloquenter Verkäufer bin ich auch, denn ich habe überzogene Wünsche und unverschämte Forderungen in realitätsnahe Möglichkeiten zu verwandeln. So gesehen, bin ich auch ein wenig ein Zauberer.

Auch als Innenarchitekt bin ich schon mal gefragt, besonders bei den alleinstehenden Damen, doch hier ist Vorsicht geboten. Ich gebe niemals einen Kommentar oder Ratschlag zu Fragen, die den Schlafraum betreffen. Bei solchen Single-Mieterinnen achte ich auch ganz sorgfältig auf die Termingestaltung, sei es auch nur um einen Laminatschaden zu begutachten. Niemals am frühen Vormittag und niemals am späten Nachmittag. Am besten eignet sich hier die Mittagszeit, denn Frauen die schlemmen, kommen nicht auf unkeusche Gedanken. Außerdem ist es auch eine Frage der Kleiderordnung, Sie verstehen mich schon.

Sie sehen, meine Arbeit ist durchaus vielseitig und anspruchsvoll, kein Tag gleicht dem anderen und von Routine, kann nicht die Rede sein. Deswegen schreibe ich in diesem Buch von meinen Erlebnissen als Hausmeister einer gar nicht so kleinen Wohnanlage irgendwo in Deutschland. Alle Namen von handelnden Personen sind frei erfunden, denn ich bin zur Verschwiegenheit verpflichtet. Auch mein Name ist ein Pseudonym, nur einige Wahrheiten darf ich Ihnen über mich verraten.

Ich bin sechsundvierzig Jahre alt, Junggeselle und habe mein Studium zum Maschinenbauingenieur im vierten Semester abgebrochen, um Binnenschiffer zu werden. Doch übewwr ein Dasein als Leichtmatrose kam ich nicht hinaus, so wurde ich Assistent des Hausmeisters der hiesigen Wohnanlage und beerbte seine Stelle, nachdem er in Rente ging. Leider verstarb er sehr frühzeitig und ich beerbte ihn ein Zweites mal und zog in seine freigewordene Wohnung, in die Hermannstraße 13. Das war vor beinahe zwölf Jahren und lesen Sie jetzt und hier, was ich Ihnen so alles zu erzählen und zu berichten habe über die schönen Aussichten, bei diesen Nachbarschaften.

Der

Sozialschmarotzer

Es gibt diese Menschen, deren Daseinsinhalt darin besteht, andere Menschen mit Argusaugen zu beobachten, um ihnen möglichst Schändliches nachsagen zu können. Manche begnügen sich damit, dem Ordnungsamt anonym einen eingebildeten Verdacht oder eine handfeste, wenn auch erfundene Beschuldigung zuzustecken.

Die Intelligenteren der ähnlichen Sorte Mensch hat dergleichen behördliche Unterstützung nicht nötig. Sie erschaffen sich nach und nach ein geneigtes Publikum, welches sie sich aus den bildungsferneren Schichten ihrer näheren Umgebung zusammen klauben, um dieses nach Gutdünken mit eigens erschaffenen Schlagzeilen die meist in Richtung Diffamierung, Diskriminierung oder schlicht übler

Nachrede unliebsamer Nachbarn oder anderen Bedauernswerten gehen, zu beeinflussen.

Diese Spielart der Indoktrination Unterbelichteter verfolgt nur einen Zweck, und zwar der Aufwertung des eigenen Egos mit dem Mittel der Herabsetzung einer x-beliebigen Person und deren Preisgabe an die, die dem Schädigungsversuch folgen und applaudieren.

Als Hausmeister erlebe ich es beinahe tagtäglich, wie manche Mieter versuchen, andere Mieter bei mir in ein schlechtes Licht zu rücken. In den häufigsten Fällen geht es um Bagatellen. Herr Müller macht den Kothaufen seines Hundes nicht weg, oder Frau Maier verbraucht zwei Parkplätze, wenn sie ihren Kleinwagen abstellte.

Als ich noch naiv genug war mir einzubilden, dass ich als Hausmeister auf ethisch - moralische Aspekte innerhalb meiner zu betreuenden Mieterschaft Einfluss nehmen könnte, ging ich solchen Hinweisen beflissentlich nach. Doch bald schon bemerkte ich die wahren Gründe solcher Einflüsterungen und entzog mich diesen Manipulationsversuchen, indem ich lächelnd auf Durchzug stellte oder auch nur die Luft geräuschvoll zwischen meinen Zähnen einsog und gewichtig den Kopf senkte, sodass sich ein Doppelkinn auf meiner Brust bildete. Ich diskutierte nicht einmal, da es sich einfach nicht lohnte.

An einem Donnerstag der Sorte Schlechtwetterfront gegen die Mittagszeit wollte ich dem unfreundlichem Draußen in meinem warmen Büro mit einem Thunfischsandwich entgehen und die missliche Gemengelage aus peitschendem Regen und Sturmböen an mir vorbeiziehen lassen, als mich das Brummen meines Handys dringlichst an meine Hausmeisterpflichten erinnerte und mir einen herzhaften Biss in das Sandwich verbot.

Seufzend nahm ich den Anruf an, »Tino Pieper hier.«

»Herr Pieper? Zuallererst, mein Name tut nichts zur Sache.«

Die Stimme war eindeutig männlich.

Nach diesem ersten Satz biss ich nun doch in mein Sandwich. Was sollte ich auf eine solche Aussage ohne Wert auch antworten?

Also machte ich mir den Mund ordentlich voll und wartete auf Weiteres.

»Hören Sie mich Herr Pieper? Sind Sie noch am Apparat?«

Die Stimme wirkte jetzt erregt, hektisch und stark um Aufmerksamkeit heischend bemüht auf mich.

»Mmh«, gab ich eine undeutliche Antwort.

»Meine Frau müssen Sie wissen, hat eine ungeheuerliche Beobachtung gemacht und mich gebeten, mich sozusagen in ihrem Namen, an Sie zu wenden. Hören Sie mich noch Herr Pieper? Sind Sie noch dran?«

»Mmh, wie heißt denn Ihre Frau in deren Namen Sie mich anrufen?«

»Eggerts. Imke Eggerts. Warum fragen Sie Herr Pieper? Wie ich Ihnen schon sagte, Namen tun nichts zur Sache.«

Jetzt verlor die Stimme bedenklich an Atem.

Ich ließ ihn warten und nahm einen weiteren Happen. So einem Trottel konnte man ruhigen Gewissens kauend antworten.

»Och«, ich leckte mir die Soße von den Fingern, bevor sie auf meinen Schreibtisch tropfen konnte, »nur so. Kann es sein, dass auch Sie mit Nachnamen Eggerts heißen?«

Ich hörte Herrn Eggerts, der ja wirklich so gerne anonym bleiben wollte beim Denken zu.

»Ich sagte doch schon, mein Name tut nichts zur Sache und steht auch nicht zur Debatte. Soll ich Ihnen nun von den ungeheuerlichen Beobachtungen meiner Frau berichten oder nicht?«

Herr Eggerts wäre jetzt sicher gerne laut geworden vermutete ich, denn sein Atem ging jetzt eindeutig gepresster, die Schallwellen verdichteten sich.

»Och nö Herr Eggerts. Bitten Sie doch Ihre Frau, Ihre Beobachtungen in einem kleinen Aufsatz niederzuschreiben und mir diesen in meinen Hausmeisterkummerkasten zu werfen. Ganz anonym, wenn Sie es wünschen. Guten Tag noch.«

Ich legte auf.

Es verging der Donnerstag und auch der Freitag, mitsamt dem Wochenende und mit diesen vier Tagen auch das Schmuddelwetter.

Der Montag grüßte schon am Morgen mit sattem Sonnenschein, sodass ich den Start der Woche durchaus mit guter Laune anging. Im Büro auf meinem Schreibtisch fand ich einen kleinen Zettel vor, auf dem stand: Bitte umgehend oder sofort Rebecca Sanches von der Neumieterbetreuung anrufen. Ich nahm mein Handy und tippte auf Rebeccas Nummer.

»Rebecca Sanches, Abteilung Neumieterbetreuung was kann ich für Sie tun?«

Sie flötete mir ins Ohr wie es nur eine fröhliche und gut gelaunte Finanzbeamtin konnte, die gerade einen Steuerhinterzieher eingekerkert hatte.

»Hallo Rebecca, hier Tino«, gab ich mich amüsiert charmant, »ich könnte mir schon einiges vorstellen, was du für mich tun könntest. Wie geht es dir, Wochenende gut verbracht?«

»Schwerenöter«, gurrte sie zurück, »ist die gute Nora schon passé für dich, dass du mit mir zu flirten versuchst?«

Mein wunder Punkt konnte ihrem gutmütigen Spott nicht ausweichen und ich verkroch mich hinter unernstem Fatalismus.

»Tja Rebecca, was bleibt mir denn übrig? An Nora komm ich im Leben nicht mehr ran, die will einen schicken und reichen Zahnarzt mit Porsche und keinen schmuddeligen Hausmeister und andere Frauen kommen für meine geschundene Seele nicht in Frage. Du bist natürlich ausgenommen.«

Meine Stimme kam aus der Tiefe einer imaginären Gruft.

Rebeccas Stimme wurde heiter und dann ernster.

»Schluss jetzt du Selbstbemitleider, wie ich gehört habe, saust du gerade einer flotten Polizistin hinterher. Ich habe hier einen Brief bekommen indem sich ein Herr und eine Frau Anonüm über dich beschweren, dass du deiner Arbeit nicht nachkommst. Sag mal, meines Wissens schreibt man anonym doch mit Ypsilon oder habe ich eine aktuelle Rechtschreibreform verpasst?«

Mir schwante es sofort und es schoss aus mir heraus:

»Eggerts! Eggerts heißt dieses nette Ehepaar und der Brief ist bestimmt mit der Hand geschrieben, oder? Was schreiben die noch?«

Ich hörte Rebecca kichern.

»Eine kleine Räuberpistole will mir scheinen. Sie wollten darauf hinweisen, dass in ihrem Mietshaus ein Sozialschmarotzer, oder vielleicht Schlimmeres haust und sein Unwesen treibt.«

Sie unterstrich die letzten Worte in dunkler Edgar Wallace Manier.

Das kam mir bekannt vor. Es kam häufiger vor, als man annehmen mag, dass Irgendwer verdächtigt wurde ein Sozialschmarotzer zu sein, wenn er sich beispielsweise eine hübsche neue Waschmaschine oder einen neuen Staubsauger zulegte.

Das kann dann aber nun wirklich nicht mit rechten Dingen zugehen, wenn man sich selber solche

Luxusartikel gerade nicht leisten konnte. Also stellt sich dem wirklich ehrlichen Zwangssteuerzahler und deswegen Benachteiligten der arbeitenden Gesellschaft die berechtigte Frage, wie das mit der Waschmaschine oder dem Staubsauger denn gehen konnte?

Kurz: *Wieso kann der und ich nicht?*

Schnell gab es dann ein heimliches Getuschel unter den Nachbarn und jeder gab eine eigene Theorie zum Besten, die zusammengenommen mindestens für zweimal lebenslänglich hinter Gittern gereichen könnten. Wenn da die Staatsanwaltschaft nicht eingriff, dann lag das daran, dass sie von dem Sozialschmarotzer nichts wusste, weil der irgendeinen hinterhältigen Trick kannte oder einen von der russischen Mafia aus Kiew. Wenn dann die geografische Verwirrung und die geopolitische Irritation zu Diskussionen verleitete, ob Kiew jetzt zu Russland gehörte oder nicht, verlegte man sich schnell auf Sizilien und die italienische Mafia und man befand sich wieder auf sicherem Terrain.

Rebecca riss mich aus meinen Gedanken.

»Hallo Tino. Bist du noch dran?«

»Entschuldige Liebes, es war ein langer Weg von hier in die Ukraine, dann nach Sizilien und wieder zurück.«

»Lass stecken, für so eine weite Reise reicht dein Gehalt nicht. Also, die anonymen Eggerts weisen darauf hin, dass sich ein junger Nachbar in ihrem Haus, ein neues Auto, einen neuen Fernseher und eine neue Couchgarnitur gekauft hat.

Selbstverständlich würden sie dem jungen Mann das ja alles von Herzen gönnen, wenn da nicht der Umstand wäre, dass der vermutlich ein Hartz IV-Empfänger sei und sie als brave Steuerzahler, das und vieles andere mehr, ja finanzieren würden.«

Da war er also wieder, der alte und beliebte Sozialneid.

Der *hat* und ich *nicht*.

Ungerechte Welt! Der Schrei nach Gerechtigkeit erscholl aus vielen Kehlen. Verlangte nach Vergeltung und Genugtuung,

»Tja Rebecca, was soll ich da tun? Ich habe keine Lust solchen Leuten als Erfüllungsgehilfe zu dienen. Ich bin hier der Hausmeister und nicht der Blockwart oder gar der Gauleiter.«

Rebecca räusperte sich etwas umständlich und gekünstelt.

»Du Tino, wir haben aber auch die Pflicht solchen Dingen nachzugehen. Oder an andere Stellen weiterzuleiten, wenn ein solcher Verdacht offiziell an uns herangetragen wird. Immerhin sind wir die Vermieter und uns kann nicht egal sein, aus welchen Quellen die Miete an uns gezahlt wird.«

»Nicht meine Sache. Wenn ihr wollt, dann gebt es doch dem Amt weiter.«

Wieder dieses Räuspern, als wäre ihr das Weiterreden unangenehm oder ich einfach zu doof zu kapieren.

»Wir hängen hier ein wenig in der Zwickmühle. Entweder an der Sache ist was dran oder nicht. Keinesfalls aber wollen wir als seriöses und angesehenes Immobilien-Unternehmen morgen in der Zeitung so dastehen, als dass wir unsere Mieter denunzierten. obwohl an diesen ganzen, miesen Anschuldigungen nichts dran ist. Auf der anderen Seite, wenn was dran ist ... Mein Gott Tino, stell dich nicht so taub und lass mich nicht weiter so herumeiern. Bitte hilf uns.«

Nun saß ich deftig in der Zwickmühle. Das hier ging eindeutig gegen meine Prinzipien. Sicher spiele ich schon mal gerne Detektiv, wenn ich einem Verdacht nachging der meine hausmeisterliche Tätigkeit und damit die Ordnung in dem von mir betreuten Viertel betraf. Aber das hier?

»Na gut Rebecca, dann gib mir mal die Informationen, die ich brauche und ich werde sehen, was ich tun kann.«

»Du bist ein Schatz Tino. Ich schick dir alles was du brauchst als Email rüber. Bis dann mal.«

Sie mögen mich vielleicht für jemanden halten, der beim kleinsten Windhauch sein Fähnchen dreht und einknickt. Aber wie sollte, wie konnte ich einer kollegialen Bitte, dazu noch von Rebecca, die mir schon oft aus der Patsche geholfen hatte standhaft absagen.

Fünf Minuten später, rechts unten auf meinem Bildschirm: *neue Email eingegangen.*

Von Rebecca Sanches (Neumieterbetreuung)

Hinweisgeber:
Anonym, aber vermutlich Ferdinand und Imke Eggerts, Heinrichstraße 35, erste Etage links.

Die Hinweisgeber beschuldigen Herrn Carsten Lohmeier, unberechtigt Transfer- und Sozialleistungen, genannt Hartz IV oder so ähnlich vom Arbeitsamt oder sonst wem zu erhalten, da er augenscheinlich über viel eigenes Geld verfügt, wie seine brandneuen und ganz augenscheinlich teuren Anschaffungen wie funkelnagelneuen Sportwagen, neuen Flachbildfernseher mit einer Fernbedienung und Farbbildwiedergabe und neuer Couchgarnitur belegen.

Die Hinweisgeber beschuldigen Herrn Lohmeier somit des Sozialbetrugs.

Beschuldigter:
Carsten Lohmeier, Heinrichstraße 35, zweite Etage links.

Er zahlt seine Miete immer pünktlich. Keine Auffälligkeiten oder Beschwerden von Nachbarn.
Arbeitgeber: unbekannt

Anmerkung: Finde heraus was da los ist. Aber Dalli und hurtig mein Lieber.

Schöne Grüße
Rebecca Sanches

»Das sind ja schöne Aussichten«, dachte ich bei mir und fühlte, wie mir der schwarze Peter auf die Schulter klopfte. Wie sollte ich nur vorgehen, wie konnte ich die Angelegenheit möglichst diskret behandeln?

Und was machte ich nur, wenn an der Sache tatsächlich etwas dran war?

Wenn Carsten Lohmeier Geld von der Staatskasse einheimste und nebenbei Schwarzgeld verdiente? Würde ich mich gut dabei fühlen, wenn ich ihn überführte? Eindeutig nicht.

Auf der anderen Seite konnte ich mir nur schwer vorstellen, dass jemand so belämmert sein konnte, einerseits bei der Sozialkasse die Hand aufzuhalten und zu kassieren, nebenbei schwarzes Geld verdiente um damit dann auch noch zu protzen und den Neid bei seinen Nachbarn heraufbeschwor.

Nein, so dumm konnte niemand sein. Oder doch …? Ich dachte über Torsten Kröll, diesen Möbelpacker nach, der mir kurzfristig meine heimlich begehrte Nora ausgespannt hatte. Na ja, was heißt hier ausgespannt? Ich ging ja nicht mit ihr, aber es war schon mein Wunsch mit ihr zusammenzukommen.

Und als Nora dem Kröll den Laufpass gab, kam mir ihr Zahnarzt mit seinem Porsche in die Quere.

Ja, diesem möbelpackenden Heini wäre eine solche Dummheit durchaus zuzutrauen und wenn es einen gibt, dann gibt es sicher auch noch mehrere.

Es half alles nichts, ich musste den Eheleuten Eggerts einen Besuch abstatten. Am besten in meiner Funktion als Hausmeister ganz offiziell. Mal sehen, was das für Leute waren. Anschließend könnte ich die Lage bei Carsten Lohmeier peilen und bei ihm ein wenig herumklopfen.

Heinrichstraße 35.

Ich klingelte bei Eheleute Eggerts.

»Wer ist da?«

Erster Eindruck: unfreundlich.

»Guten Tag«, ich schleimte schon, denen wünschte ich alles andere als einen guten Tag, »Tino Pieper hier, Ihr Hausmeister.«

»Was wollen Sie? Bei uns ist nichts kaputt und gerufen haben wir Sie auch nicht. Und an der Tür kaufen wir schon gar nichts.«

Zweiter Eindruck: Ein schlechtes Gewissen, oder hatte dieser Herr Eggerts unser Telefonat schon vergessen?

»Aber das weiß ich doch Herr Eggerts. Es ist natürlich alles in Ordnung bei Ihnen. Nein, ich komme in einer anderen Angelegenheit zu Ihnen. Wir führen nämlich zur Zeit eine kleine Nachbarschaftsbefragung durch. Die Teilnahme ist natürlich freiwillig. Aber wenn Sie sich bereit erklärten ein paar kurze Fragen zu beantworten, nehmen Sie ganz automatisch an unserer großen Tombolla, mit interessanten Gewinnen teil. Na Herr Eggerts, wäre das was für Sie und Ihre Frau?«

Der Türsummer ertönte und ich begab mich mit meinem Klemmbrett und den vorbereiteten Fragebögen, die ich vorsorglich angefertigt hatte in die erste Etage.

Herr Eggerts stand im Feinripp-Unterhemd in der Tür. Ein kleiner, spindeldürrer Mann von vielleicht sechzig Jahren mit auffällig großer Hakennase, die sein mürrisches Gesicht beherrschte.

»Nochmals, guten Tag Herr Eggerts. Darf ich eintreten? Vielleicht gehen wir in Ihr Wohnzimmer oder möchten Sie lieber in Ihrer Küche ...?«

»Kommen Sie schon rein ...«

Kam es mir von ihm mürrisch entgegen.

Hinter ihm erschien plötzlich seine Frau, einen halben Kopf größer als er, ordentlich korpulent und mit einem dieser grässlichen, ärmellosen Hauskittel bekleidet, die man in den sechziger Jahren aus Versandhauskatalogen bestellen konnte.

»Ich bin Frau Eggerts«, blaffte sie mich wie ein Kettenhund an, »was gibt es denn zu gewinnen?«

Ich blieb gelassen und charmant.

»Gleich Frau Eggerts, können wir dann irgendwo Platz nehmen, uns hinsetzen?«

Das Wohnzimmer war mit alten Möbeln der Marke Gelsenkirchener Barock, geschmacklos vollgestopft.

Ob der Fernseher schon in Farbe ausstrahlte oder noch schwarz-weiß sendete, war nicht sogleich zu erkennen. Eine Fernbedienung für die alte Schüssel sah ich auch nirgendwo liegen. Ich setzte mich in einen der beiden Sessel.

»Was gibt es denn zu gewinnen?« Imke Eggerts war auf Beute aus, so viel war klar.

»Na ja«, ich schaute mich im Zimmer um, »einen ganz flachen Flachbildfernseher, oder eine neue Couchgarnitur und so Dinge eben ...,« log ich.

Herr Eggerts rieb sich gierig die Hände, »Na dann legen Sie mal los junger Mann.«

»Erste Frage: Wie zufrieden sind Sie hier mit Ihrer Wohnsituation?«

Die beiden sahen sich ratlos an. Das sie sich durchaus in einer Wohnsituation befanden, schienen sie noch nicht bemerkt zu haben.

Herr Eggerts rieb sich wieder die Hände, während seine Frau verstohlen einen Zipfel ihres Hauskittels betrachtete und plötzlich einen Fleck entdeckte, den sie mit Spuke und Fingernagel bearbeitete.

»Ja wie soll ich sagen?« Rang er sich durch diese schwierige Frage, »also ja, die Situation ist schon ganz okay.«

»Ganz hervorragend Herr Eggerts«, lobte ich ihn und versuchte, mein Grinsen in ein zuversichtliches Lächeln zu verwandeln. Das fiel mir aber gerade jetzt äußerst schwer, da sich meine Gesichtsmuskeln meinen Befehlen widersetzen wollten.

Frau Eggerts hob ihren Zeigefinger, sie hatte einen leichten, fusseligen dunklen Damenbart auf der Oberlippe.

»Ist der Fernseher denn auch mit Farbe? Ich meine, wenn der doch so flach ist ...?

Ihre Blicke verrieten Gier.

»Ganz sicher ist es ein großer Fernseher mit Flachbildschirm Frau Eggerts, neuestes Modell, sogar mit Fernbedienung. Und Farbe hat der auch.«

Sie hatte kleine Schweißperlen auf der Stirn. Ich vermutete, sie dachte angestrengt über etwas nach.

»Zweite Frage Herr Eggerts, Sie dürfen natürlich auch antworten Frau Eggerts: Wie ist Ihr Verhältnis zu Ihren unmittelbaren Nachbarn? Wie würden Sie es beschreiben?«

Bei dieser Frage stieg beiden Eggerts eine heftige Röte ins Gesicht.

»Was sind das für Fragen junger Mann? Weder meine Frau hat ein Verhältnis mit irgendjemanden hier und ich auch nicht.«

Hatte er ein schlechtes Gewissen? Fühlte er sich ertappt?

»Entschuldigen Sie die Zweideutigkeit der Frage, sie ist etwas unglücklich formuliert, ich meinte vielmehr, wie ist der Umgang untereinander? Vertragen Sie sich mit Ihren Nachbarn?«

Er atmete erleichtert auf und rieb sich wieder die Hände. Nach den Gesetzen der Physik müssten sie bald zu glühen beginnen, wenn er sie weiter so heftig aneinander rieb.

»Wir kennen hier keinen, wollen auch niemanden kennen. Dann kämen die ja nur an und wollten sich Eier oder sonst was ausleihen und man bekommt nichts wieder zurück.«

»Also darf ich Sie als *zurückgezogene Mieter* eintragen?«

Frau Eggerts hob wieder ihren Zeigefinger.

»Ja bitte Frau Eggerts?«

»Wenn der Fernseher so flach ist, wo hat der denn dann seine Bildröhre? Ohne Bildröhre kein Bild, hab ich mal irgendwo gelesen.«

Cool bleiben, dachte ich bei mir.

»Ich versichere Ihnen Frau Eggerts, die heutigen modernen Fernseher kommen ganz ohne Bildröhre aus, deswegen sind sie ja auch so schön flach.«

Herr Eggerts grübelte noch über meine Frage nach und zischte durch zusammengepresste Lippen:

»Wieso zurückgezogen? Wir sind doch gar nicht weggezogen. Wir wohnen schon seit zweiundzwanzig Jahren hier, das müssten Sie doch wissen. Kennen Sie Ihre Mieter nicht?«

Himmelarschundzwirn! Wo war ich nur hineingeraten.

»Also ich drücke es einmal so aus Herr Eggerts. Sie pflegen also keine engeren Kontakte zu Ihren Nachbarn? Sie bleiben lieber für sich alleine, ja?«

»Genau so ist es.«

»Dritte Frage: Ist Ihnen hier im Haus irgendetwas ungewöhnliches aufgefallen? Haben sich Ihre Nachbarn irgendwie verändert oder grüßt einer nicht ordentlich?«

Die beiden sahen sich ein Weiteres mal ratlos an.

Frau Eggerts hob ihren Zeigefinger.

»Wenn der flache Fernseher so groß ist, passt der denn überhaupt durch die Türen? Oder kommt der in mehreren Teilen, dass man ihn zusammenschrauben muss? Haben wir denn einen Schraubenzieher Ferdinand?«

Ferdinand Eggerts schaute jetzt irritiert drein. Vielleicht dachte er auch nur über einen Schraubenzieher nach.

»Aber nicht doch Frau Eggerts, Sie benötigen ganz sicher keinen Schraubendreher. Der Fernseher kommt in einem Stück und passt garantiert durch jede Tür.

Haben Sie denn nun eine Beschwerde gegenüber einem Nachbarn? Ist einer unhöflich zu Ihnen, oder macht Krach, zu laute Musik vielleicht?«

Imke Eggerts Augen verengten sich zu schmalen Schlitzen.

Die dünnen, dunklen Schnurrbartspitzen ihres Damenbartes senkten sich synchron mit ihren Mundwinkeln nach unten. Plötzlich schnappte sie nach Luft.

»Ja, dieser Lohmeier über uns, das ist ein eingebildeter Fatzke. Der grüßt uns nicht einmal im Treppenhaus. Der hockt den ganzen Tag zuhause rum. Hat wohl keine Arbeit. Kriegt wohl Geld vom Amt dieser Schmarotzer und dann kauft der sich ständig neue Sachen. Woher der das viele Geld hat, möchte ich wissen? Und wir? Wir müssen von der kleinen Frührente vom Ferdinand leben.«

Jetzt war es heraus und Imke Eggerts atemlos, ob wegen zu wenig Luft in der Lunge oder aus gerechter Empörung, konnte ich nicht ausmachen.

»Das ist aber eine interessante Auskunft Frau Eggerts. Woher wissen Sie denn, dass Herr Lohmeier arbeitslos ist?«

Ich gab mich ganz leutselig und unverfänglich.

Jetzt mischte sich Herr Eggerts ein und schnitt seiner Frau das Wort ab, als es empört aus ihm herausprudelte.

»Dieser Lohmeier. Natürlich hat der keine geregelte Arbeit. Das sieht man doch, wie der schon herumläuft. Immer so Zeitungen und Magazine unterm Arm. So viel kann man gar nicht lesen, wenn man ordentlich zur Arbeit geht. Und dann kauft der sich ein neues Auto. Darf der das eigentlich? Und der neue Fernseher erst. Wissen Sie, wie groß der ist?«

Er breitete seine Arme aus wie ein Angler, der sein Anglerlatein erzählt.

Frau Eggerts hob den Zeigefinger.

Ich wollte sie ignorieren, aber sie schnippte schon mit den Fingern.

»Ja bitte Frau Eggerts?«

»Ist der Fernseher denn auch so groß wie der vom Lohmeier?«

Die Gier in ihren Augen wuchs an.

»Bestimmt Frau Eggerts, wenn nicht noch größer.«

»Noch größer meinen Sie und Sie sind sicher, dass der dann auch durch alle Türen passt.«

»Wenn nicht, dann nehmen wir einen Außenaufzug und liefern den direkt durch das Fenster da.«

Ich zeigte mit der Hand auf das Wohnzimmerfenster.

Frau Eggerts nickte mir verstehend zu.

»Kann man denn auch doppelt gewinnen, den Fernseher und die Couchgarnitur?«

Ich rieb mir nachdenklich das Kinn und schaute sinnend zur Wohnzimmerdecke.

»Da müsste ich im Büro nachfragen, aber ich bin sicher, dass sich da, was machen lässt.«

»Wir wohnen ja schließlich seit zweiundzwanzig Jahren hier«, nörgelte sie nun, »wissen Sie, wie viel Miete wir schon an Sie gezahlt haben? Wir haben ja praktisch ganz allein das ganze Haus hier abbezahlt. Da könnte ja auch mal für uns was herausspringen. Der neue Flachbildfernseher mit Farbe und die Couchgarnitur zum Beispiel, wo wir doch so treue Mieter sind.«

Ich hatte genug von diesen beiden, diesen zwei Hyänen und verabschiedete mich. Keinen Kaffee, nicht mal ein Glas Leitungswasser hatten Sie mir angeboten. Leider konnte ich mir als Hausmeister die Mieter hier nicht aussuchen. Die Eggerts hätte ich abgelehnt. Mal sehen wie es sich mit Carsten Lohmeier verhielt.

Ich klingelte.

»Herr Lohmeier, ich bin hier oben. Tino Pieper, der Hausmeister hier.«

Er öffnete die Tür.

Vor mir stand ein mittelgroßer Mann mit Dreitagebart, einer runden, randlosen Brille auf der Nase und so um die Vierzig.

»Schön Sie zu sehen Herr Pieper. Ich kann mir schon denken, warum Sie mich sprechen wollen. Die Eggerts von unten, nicht wahr?«

Seine offene und freundliche Art, die mir sehr entgegen kam, machte mich verlegen und ich spürte ein wenig Röte zu Kopf steigen, die Situation wurde mir immer peinlicher.

»Nun ja«, eierte ich herum, »um ehrlich zu sein, ...«

Er lächelte mich an.

»Aber keine Ursache Herr Pieper. Die da unten fragen sich, wie ich dazu komme, mir ein neues Auto, einen neuen Fernseher und eine Couchgarnitur zu kaufen, wo ich doch sichtlich und ganz sicher keiner geregelten Arbeit nachgehe? Ist es nicht so?« Er lächelte süffisant.

Ich entschloss mich, ihm ebenso offen zu begegnen.

»Sie treffen den Nagel auf den Kopf Herr Lohmeier. Sind Sie jetzt arbeitslos oder nicht?«

Jetzt lachte er herzlich auf, fasste mich am Arm und zog mich in seine Wohnung und zeigte auf ein Bücherregal.

»Da, das sind alle meine Bücher, die ich geschrieben habe. Ich gebe zu, es ist kein Bestseller dabei, der es auf Platz eins gebracht hätte, aber es lässt sich auch ohne *den* Megaerfolg ganz gut leben vom Schreiben.«

Ich besah mir die vielen Buchrücken, es mussten an die vierzig sein. Überall stand *von Carsten Lohmeier* drauf. Ich war tief beeindruckt.

»Und woran schreiben Sie im Augenblick Herr Lohmeier?«

»Ich bin gerade beim letzten Kapitel meines neuen Buches. Aber ich habe bisher noch immer nur einen Arbeitstitel.«

»Und der wäre?«

»Die wundersamen Ansichten meiner Nachbarschaft.«

»Treffender Titel Herr Lohmeier. Bekomme ich ein signiertes Exemplar von Ihnen?«

»Ganz sicher Herr Pieper.«

Auf meinem Weg zurück ins Büro dachte ich über Neid und Missgunst der Zukurzgekommenen nach. Es wäre vielleicht klüger, von dieser Sorte Mensch nicht zu viele entstehen zu lassen.

Ich hoffte nur, der Herr Kollege Lohmeier schrieb nicht von mir ab.

Ein Star zieht ins Viertel

Elina Monte war in den späten Siebzigerjahren ein Schlageridol.

Unvergessen sind ihre Megahits, wie »*Deine Augen sind so tief und grau*«, oder »*Wenn du gehst, wo bleib dann ich?*« Und es gab damals keine deutsche Musikshow, in der sie nicht aufgetreten war.

Ihre untrüglichen Erkennungszeichen waren ihre rauchige Stimme, ihre rotbraune Lockenmähne und ihr körperbetonter, schwarzer Lederoverall.

Meine Mutter war ein großer Fan von Elina Monte sie liebte und genoss ihre Musik und die meist melancholischen Texte, die mit Liebe, Sehnsucht und Einsamkeit zu tun hatten und zwischen Schlager und Chanson schwebten.

Und jetzt zog die Monte in mein Viertel, mehr noch, sie sollte zu meiner unmittelbaren Nachbarin werden und die Erdgeschosswohnung in der Hermannstraße 15 beziehen.

Zur Erinnerung, ich wohne in der Hermannstraße 13, ebenfalls im Erdgeschoss.

Wie ich schon erwähnte, war meine Mutter eine große Bewunderin von Elina und hatte alle ihre Schallplatten im Schrank; damals gab es noch Singles und nicht nur Langspielplatten oder CDs. Da meine Mutter zuhause Elinas Lieder rauf und runter spielte, kannte ich alle ihre Hits.

Nicht die Musik war es, die mich für Elina einnahm, dafür war ich noch zu jung und mein Musikgeschmack entwickelte sich, wie meist bei Kindern in eine gänzlich andere Richtung als der der Eltern. Jeder Jugendliche wollte sich ja von den Alten abgrenzen und unter anderem drückte sich dieses Bedürfnis des Andersseins dadurch aus, dass man sich musikalisch möglichst konträr positionierte.

Tja, als ich hörte, dass sie meine Nachbarin werden sollte, hatte ich sofort die Plattencover vor meinen Augen, diese rotbraune, wallende Mähne und der figurbetonende, schwarze Overall, der mehr von ihrer überaus weiblichen Figur verriet, als verschwieg und meine jugendliche, pubertierende Fantasie schmerzlich anregte und beschäftigte.

Nächste Woche Montag sollte es soweit sein, also in fünf Tagen von heute an. Leider war meine Mutter nicht mehr.

Zu gerne hätte ich jetzt, meine Erinnerung dadurch angeregt, die alten Plattencover zu betrachten, meine frühen Empfindungen für Elina Monte wiederzubeleben. Nun, das Leben ist vergänglich und somit waren auch die Cover meiner Mutter nicht mehr und mit ihr vergangen.

Mein Telefon brummte.

»Hallo? Hier Tino Pieper, der Hausmeister.«

Am Apparat war Anton Goldbach, einer meiner Lieblingsmieter, auf der Johannstraße 13, der seine Dachgeschosswohnung auf der dritten Etage wegen seiner Fettleibigkeit und chronischer Atemnot nicht mehr verlassen konnte.

»Tino ich grüße dich, ich bin es, Anton. Sag mal, hast du schon davon gehört, die Monte soll neben dir einziehen. Kennst du die noch? Die Sängerin.«
Er war ziemlich aufgeregt, was selten vorkam, da er ein melancholischer Charakter war.

»Hast du vergessen Anton, dass ich hier der Hausmeister bin? Wer, wenn nicht ich, sollte dass am ehesten wissen?«

Jetzt kicherte er nervös.

»Tschuldigung Tino, aber warst du damals nicht noch ziemlich jung? Ich konnte in meiner Jugend, mit Zarah Leander auch nicht sehr viel anfangen. Ich hörte damals natürlich die Stones und ihren Hit Satisfaction »And I try, and I try, and I try. I can get no, dududadamdam. Satisfaction.«

Um Gottes Willen, jetzt sang er auch noch!

»Anton hör auf mit der Singerei, du hörst dich an wie ein schwangerer Wellensittich. Ja klar kenne ich Elina Monte. Meine Mutter hat die damals auf dem Plattenspieler rauf und runter gespielt. Schlimmster Kitsch.«

»Das stimmt Tino, aber diese Coca Cola Figur in diesem schwarzen Lederoverall. Dazu die rotbraune Mähne. Mann, was für ein Weib!«

Ich musste Anton bremsen, ehe er ins Rollen kam, ich kannte seine Atemnot und auch seinen Übermut der bei älteren, dickleibigen Menschen schon einmal zu Überschätzungen, hinsichtlich ihrer Belastungsfähigkeit führen konnte, was auch die seelische Verfassung, die längst vergangenes und nicht wiedererlangbares heraufbeschwören konnte, anbetraf. Es war eindeutig Gefahr in Verzug, wenn ich ihn nicht schnell herunter holte.

»Anton, du weißt, dass das nun schon eine ganze Weile her ist. Die Kurven der Dame werden wohl weit im Süden liegen und Coca Cola wird dich verklagen, wenn du diesen Vergleich heute noch einmal gebrauchst. Denk an deine Rente, den Prozess verlierst du.«

Er seufzte tief und melancholisch.

»Man wird doch noch träumen und in alten Erinnerungen schwelgen dürfen Tino. Was ist eigentlich aus deiner Layla, der Polizistin geworden? Oder schwebt dir etwa Nora noch immer in deinen Lenden?«

Jetzt ging Anton eindeutig zu weit, doch wollte ich ihn nicht abbügeln, immerhin, Freunde hatten das Recht auch einmal unangenehm zu fragen.

»Ach, mit Layla könnte schon was gehen, aber du weißt ja selber, das Unerreichbare ist das Ideal im Kopfkino. Montag zieht sie ein.«

»Wer zieht Montag ein? Layla bei dir?«

Lieber guter Anton.

»Elina Monte zieht am Montag ein! Schon vergessen?«

Er dachte nach.

Ich ließ ihm Zeit.

»Ah ja, die Monte. Bestell ihr schöne Grüße von mir, ich kann ja leider nicht zugegen sein, kann ja nicht mal selber einkaufen gehen. Tschüss Tino.«

Er legte auf.

Ich wollte nachdenken, kam aber nicht dazu, das Telefon brummte wieder wie wild.

»Ja bitte, Tino Pieper, der Hausm ...«

»Ich bin`s Kröll, Torsten Kröll.«

Hastig und atemlos.

Was will dieser Muskelprimus von mir? Hatte er sich verwählt?

»Ja Herr Kröll, was kann ich für Sie tun?«

Immer schön auf Distanz halten.

»Ich mache den Umzug mit dieser Schlagersängerin.«

Immer noch hastig und atemlos.

»Wohin ziehen Sie denn mit ihr Herr Kröll?«

Er dachte jetzt nach. Wie schön, freute ich mich für ihn.

»Sie zieht doch am Montag neben Ihnen ein. Wussten Sie das nicht?«

Dass dieser Kröll mir damals Nora ausspannte, hatte ich nicht vergessen. Zu meinem Beruf als Hausmeister gehörte es dazu, ein langes Gedächtnis für Feinheiten zu haben.

»Ja und? Ziehen Sie mit der zusammen? Ist die nicht etwas zu reif für Sie, oder brauchen Sie jetzt eine tröstende Mutterbrust, nachdem Nora Ihnen den Laufpass gegeben hat?«

Rache verursacht manchmal so etwas nachhaltiges im inneren Gefühlsleben und kann bei Gelingen durchaus in Frohsinn ausarten.

»Woher wissen Sie das?«

Hörte ich Empörung, gar verletzte Eitelkeit aus seiner Stimme heraus?

Mir wurde wohlig und richtig warm ums kalte Herz.

»Herr Kröll, Sie müssen sich schon entscheiden, ob sie den Umzug *mit* der Sängerin oder den Umzug *für* die Sängerin machen.

Sie drücken sich immer so missverständlich aus. War das vielleicht der Grund, warum Nora Sie abgeschossen hat?«

»Natürlich mache ich den Umzug *für* die Sängerin. Sie sind unverschämt Herr Hausmeister. Ja, gemein und richtig fies sind Sie.«

42

»Danke für Ihre Unmissverständlichkeit, Herr Kröll, Sie lernen schnell. Ich werde Nora von Ihren Fortschritten berichten. Sonst noch etwas?«

Ich konnte förmlich spüren, wie sein Handy sonst wohin flog.

Meines flog nicht, sondern brummte schon wieder in meiner Hand, nachdem ich ihn weggedrückt hatte.

»Tino Pieper hier.«

Die Polizei. Layla.

»Hallo mein Guter. Ihr braucht am Montag Polizeischutz?«

»Polizeischutz?«

»Na ja, diese Elina Monte, die Schlagersängerin zieht doch am Montag neben dir ein und wir haben verifizierte Hinweise darauf, dass sich einige Fanclubs von ihr massiv in Bewegung setzen werden, um dem Einzug beizuwohnen. Presse inklusive.«

Jetzt bekam ich doch Herzklopfen. An einen Fanauflauf hatte ich bis hierher noch gar nicht gedacht. Eine alternde Schlagerdiva aus längst vergessenen Zeiten zieht hierhin, in dieses Viertel, das nun so gar nicht standesgemäß für sie ist. Paris, Mailand, London, meinetwegen auch Berlin, ja das wären adäquate Orte für eine Berühmtheit, auch wenn der Ruhm schon ordentlich verblasst war. Würde Alain Delon, ein Schauspieler der nur durch sein maskenhaftes Minenspiel, das sogar der Kinski besser drauf hatte, schauspielerisch auffiel und heute noch medial von der Liaison mit Romy Schneider lebte, hierher ziehen wollen? In dieses Viertel? Ohne Not?

Ich wohne hier, ich bin Hausmeister, okay. Der Kröll wohnt hier, der ist Möbelpacker, okay. Der Anton wohnt hier, der ist Rentner, okay. Aber Elina Monte, für die einst das Fernsehballett tanzte, wenn sie ihre Hits sang? Hier stank etwas ganz gewaltig, doch wonach?

»Layla, hier stimmt etwas nicht. Wieso habe ich das Gefühl, dass hier jemand zur Schau gestellt werden soll? Kannst du herausfinden, wie alt die Dame ist?«

Layla war prompt, wie meistens.

»Klar Tino, ich schau mal bei Google vorbei. Ah ja, hier ist sie schon, Künstlername Elina Monte. Bürgerlicher Name Eleonore Kaspers, geboren am 23. Mai 1946. Sie ist also Stand jetzt dreiundsiebzig.«

Ich dachte nach. Was konnte ihr passiert sein? Hatte ihr Manager sie um ihre Honorare betrogen? Hatte Sie die falschen Männer kennengelernt? Hatte Sie mit Saus und Braus ihr Vermögen verprasst? Wurden ihre alten Hits nicht mehr im Radio gespielt und sie bekam nur marginale Zuwendungen von der Gema?

Ich hatte nicht die geringste Ahnung. Doch irgendetwas nahm mich für ihr Schicksal ein und ich wusste instinktiv, das ihr Einzug am kommenden Montag unter keinem guten Stern stand. Doch was konnte, was sollte ich tun?

»Layla, ich muss mich schlau machen, ich melde mich später bei dir. In Ordnung?«

»Klar Tino, ich warte.«

Ich ging nach Hause und schaltete meinen Laptop ein, ging auf Youtube und gab in der Suche »Elina Monte« ein.

Siehe da, einige Treffer. Ich klickte auf das Video mit dem Titel: *Wenn du gehst, wo bleib dann ich?*

Das Video startete. Da stand sie im Scheinwerferlicht mit rotbrauner Mähne und Lederoverall. Die Aufnahme war nicht gut, das Bild verschwommen.. Der Ton aber war okay und ich hörte ihr zu.

Die Streicher starteten, ein Klavier gesellte sich dazu, dann ein wehklagendes Cello. Langsam schmiegte sie sich in die Musik und sang mit rauchiger, gefühlvoller Stimme. Eine Ballade:

»Wenn du gehst, wo bleib dann ich?

Wenn du gehst, was wird aus mir?

Du nahmst mir meine beste Zeit.

Was wird aus der, die übrig bleibt?«

So sang sie und ich war fasziniert von ihrer Präsenz, von ihrer Ausstrahlung und ihrer flehenden, drängenden Stimme. Ihr Körper wogte sanft mit der Melodie wie Wellen, die zart an einem Sandstrand nippten und war mit ihr in musischem Einklang.

Bei diesem Auftritt war sie schon in ihren späten Dreißigern und das machte ihren Vortrag umso authentischer und ich empfand Wärme für diese Frau, die mir so verletzlich auf meinem kleinen Bildschirm, der mir Vergangenes zeigte, schien. Ich konnte aus ihren Texten die jungen Sehnsüchte und aufkeimenden Ängste meiner Mutter erspüren, wie ich sie bisher noch nie verstanden hatte.

Nun, für meine Mutter war es zu spät, doch vielleicht konnte ich ihr Idol aus ihren Jugendtagen retten und vor dem bewahren, von dem ich befürchtete, dass es eintreten würde. Allerdings benötigte ich für mein Vorhaben gleich mehrere Berufe gleichzeitig.

Gleich morgen früh würde der Detektiv in mir mit seiner Arbeit beginnen und eine Textzeile wollte nicht aus meinem Kopf:

»Du nahmst mir meine beste Zeit, was wird aus der, die übrig bleibt?«

Irgendetwas, dass aus meinem Bauch in mein Bewusstsein hinaufkroch wie ein Maulwurf, der ohne Augen das Licht sehen will, sagte mir, dass ich hier mit meinen Nachforschungen und Ermittlungen ansetzen musste.

Den Torsten Kröll`s dieser Welt wollte ich diese Frau nicht ausgeliefert wissen.

»Rebecca Sanches, zuständig für Neuvermietungen hier, was kann ich für Sie tun?«

»Hallo Rebecca, ich bins, Tino. Sag einmal, was weißt du über den Einzug von Elina Monte im Haus neben mir?«

Rebecca lachte anzüglich auf.

»Willst du ein Autogramm von ihr? Ich dachte, du stehst auf etwas modernere Musik?«

»Tu ich auch Rebecca, aber die Monte war früher ein Idol meiner Mutter und ich wundere mich doch, dass sie gerade in unsere Gegend zieht. Hat sie die Wohnung höchst selbst angemietet oder war das jemand anderes?«

»Warte bitte einen Moment.«

Ich hörte durch meinen Hörer, wie Rebecca etwas in ihren Computer tippte.

»Nein hat sie nicht, die Wohnung wurde angemietet durch die Konzertagentur Carl Wiegand. Die hat auch die Kaution entrichtet und auch gleich eine Erlaubnis zur Untervermietung für Elina Monte beantragt, der genehmigt wurde.«

»Von wem genehmigt?« Fragte ich argwöhnisch.

Rebecca brauchte wieder eine kleine Pause, um wieder etwas in ihren Computer einzutippen.

»Von meinem Boss und deinem guten Freund Kurt Haber, stell dir vor. Am besten, du fragst ihn selber, soll ich dich verbinden?«

Ich ließ mir Zeit, nur nichts überstürzen. Warum sollte eine Konzertagentur hier bei uns eine Wohnung anmieten und diese gleich an Elina Monte untervermieten? Der Zusammenhang wollte sich mir nicht erschließen. Meines Wissens wurden Suiten in Hotels von Agenturen für ihre Stars gebucht.

»Hallo Tino? Gibt es dich noch? Ich habe dich etwas gefragt.«

Rebecca konnte mit dem Mittel der Geduld zu bindenden Antworten drängen. Dies gehörte zu ihrer Jobbeschreibung und war eine überaus nützliche Eigenschaft, ging es darum neue Mieter zu verbindlichen Aussagen zu motivieren, wenn es darum ging, gewisse oder ungewisse Wünsche, beispielsweise die Wunsch-Wandfarbe zu erforschen. Was mitunter ein zermürbendes Unterfangen war, doch schlussendlich setzten sich meist die Ehefrauen durch, was wiederum zu weiteren Komplikationen führte, hatten diese doch oft zwei oder mehrere Wünsche für ein und dieselbe Frage im Kopf. Rosa, pink oder doch sonnengelb?

»Ja, entschuldige Rebecca, ich bin noch dran. Ja doch, verbinde mich mit Kurt.«

Es knackte vernehmlich in der Leitung und ich musste nicht lange warten.

»Hallo Tino, schön von dir zu hören. Was liegt an?«

Kurt klang aufgekratzt. Das tat er mittlerweile immer, seitdem er endlich und langersehnt der Leiter für Neuvermietungen war und an dessen Beförderung ich keinen unerheblichen Anteil hatte.

»Ja Kurt, sag mal, da zieht doch diese ehemalige Schlagersängerin, Elina Monte neben mir ein«, ich hielt mich nicht lange mit Begrüßungsfloskeln auf und kam gleich zum Thema.

»Wie kommt denn eine ehemalige Berühmtheit dazu, sich gerade bei uns einzumieten? Ist das nicht etwas unter ihrem Stand?«

Meine Fragen hatten etwas bei Kurt bewirkt, ich konnte förmlich spüren wie er mit sich rang, mir ein glaubwürdiges Märchen aufzutischen. Plötzlich schien ihm eine Idee gekommen zu sein.

»Wirklich etwas merkwürdig, auf den ersten Blick Tino. Künstler sind immer unberechenbar, wenn es um ihre Motive geht. Aber Frau Monte ist jetzt schon Mitte siebzig und möchte keinen Rummel mehr um ihre Person haben und sucht nach Ruhe und Beschaulichkeit.«

Jetzt fühlte ich mich aber doch ein bisschen beleidigt. Wollte Kurt mich wirklich mit so einer, an

Banalität kaum zu übertreffenden Geschichte ruhigstellen?

Doch ich musste Rebecca schützen, also wollte ich Kurt nicht mit meinem Wissen konfrontieren. So ließ ich die Konzertagentur vorerst außen vor.

»Und wie willst du ihr Ruhe und Beschaulichkeit garantieren? Hier wohnen noch einige ältere Herrschaften die sie aus ihrer Zeit als aktive Sängerin noch sehr gut kennen, ich kann mir durchaus vorstellen, das hier einige Autogrammwünsche auf sie zukommen werden. Da wird es mit der Ruhe bald vorbei sein.«

Wieder dieses Ringen mit sich selbst bis er zu der Entscheidung kam, mich abzuwimmeln.

»Ach Tino, das siehst du zu Schwarz. Ältere Leute haben meist noch eine gute Kinderstube genossen und sind höflich. Ein paar heimliche Blicke über die Schulter wird es geben, na gut, aber mehr wird nicht passieren. Da bin ich mir ganz sicher. Du Tino, ich muss gleich zu einem Meeting. War schön von dir zu hören, aber jetzt muss ich los.«

Aufgelegt!

Ich stand da wie ein Hund, dem man eben mitgeteilt hatte, dass dem Discounter gerade auf unbestimmte Zeit das Hundefutter ausgegangen war, er sich aber keine großen Sorgen machen sollte, denn das Gras wüchse ja weiter.

Was war hier im Busch?

Zwei Tage später, am frühen Morgen.

Ich ging zum Kiosk, um einen Kaffee zu trinken, da mir meiner ausgegangen war. Ich trinke lieber den Löslichen, da mir Filterkaffee mit den Jahren nicht mehr schmeckte und ich es auch leid war, mir immer wieder einmal eine neue Kaffeemaschine kaufen zu müssen wenn diese, was für ein unglücklicher Zufall, kurz nach Ende der Garantiezeit ihren Geist und damit das Kaffeebrühen aufgab und die Hersteller mir auf mein schriftliches Intervenieren hin, ebenso schriftlich den Rat gaben, mich bei den Wasserwerken über den Härtegrad des mir gelieferten Wassers zu informieren und diese gegebenenfalls auf einen annehmbaren Wasserhärtegrad zu verklagen, welcher für ihre ausgesprochen günstigen Premium-Kaffeemaschinen geeignet und verträglich ist.

Julio brachte mir den Kaffee zum Stehtisch am Fenster, wo ich einen guten Blick auf die Straße hatte.

Beiläufig glitt mein Blick zu dem Ständer mit der Regenbogenpresse und ich sah den Aufmacher, oder besser die Schlagzeile vom Blitzkurier, der regionalen Tageszeitung hier.

Villa von Elina Monte zwangsversteigert! Schlagerstar zieht ins Armenviertel!

Sofort fühlte ich mich herabgesetzt und war dementsprechend empört.

War ich etwa Hausmeister in einem Armenviertel?

Gut, das hier war kein Yuppieviertel, aber wirklich verarmt war hier auch niemand, von den paar Sozialhilfeempfängern abgesehen und selbst die mussten nicht hungern, wenn sie ihre Stütze nicht versoffen oder verqualmten. Von brasilianischen Favelas waren wir soweit entfernt wie die Sonne von Proxima Centauri und das ist ja schon ein gutes Stückchen.

Ich wollte den Artikel nicht lesen, da dieses Schmierenblatt für seine populistischen Aufmacher bekannt war und fragte stattdessen Julio den italienischen Kioskbetreiber, dessen Klatsch kostenlos zu haben war.

»Julio, die Monte zieht ja am Montag hier ein, was ist mit ihrer Villa passiert?«

Er hauchte ein Glas an und polierte es weiter.

»War in Zeitung, isse aus Villa geflogen.«

»Ja, das steht da, aber warum?«

»Kaufe Zeitung und lese selber, binne ich gratis Gazzetino?«

»Danke für den Kaffee Julio.«

»Nixe danke für Kaffee, kostet einsachtzig. Binne ich gratis Kiosk?«

Ich gab ihm sein Geld. Und ging grübelnd meines Weges.

Der nächste, blöde tropfende Wasserhahn kommt bestimmt lieber Julio und dann warte ab.

Auch ich musste abwarten.

Warten auf Montag.

Warten auf Elina Monte.

Sonntagnachmittag.

Sechzehnuhrdreißig.

Kein Anruf auf mein Diensttelefon, ein ruhiger Sonntag bisher. Ich strecke behaglich die Beine auf meiner Couch aus und nahm das neue Buch zur Hand. Ein mir unbekannter, junger Autor schreibt Geschichten über einen Hausmeister? Interessant, vielleicht konnte ich ja noch etwas lernen?

Stimmen von draußen. Ich hörte, wie Metall an Metall schlägt.

Dann:

»Hauen Sie ab hier, das ist mein Platz. Ich war zuerst da.«

Eindeutig eine Frau, die sich durchsetzen wollte.

»Sie waren zuerst da? Sie standen ja noch im Stau, als ich hier ankam. Machen *Sie* doch Platz.«

Noch eine Frau, die sich durchsetzen wollte.

Die Stimmen wurden schriller.

»Geh weg du fette Kuh.«

»Selber fette Kuh. Hau ab.«

»Ich hol jetzt meinen Mann, dann kannst du was erleben du ...«

»Wen? Die dürre Bohnenstange da hinten? Meiner kommt gleich auch her, der schafft auf'm Bau. Besorg deinem Männeken schon mal Laufschuhe.«

Eine männliche, ungeduldige Stimme.

»Erna, jetzt halt die Stangen endlich gerade, sonst hängt das Vordach schief.«

»Hör auf mich so anzuplärren, ich tu, was ich kann. Nun mach schon Alfred, zieh die Plane drüber, mir schlafen die Arme ein.«

Eine andere Stimme schreit über einen heulenden Motor hinweg:

»Du musst nach links einschlagen Blödmann, der Wohnwagen muss genau hier stehen, sonst sehe ich morgen nichts.«

Ein Krachen, stille. Plötzlich lautes, heftiges schlagen von Autotüren zwei sich überschlagene Stimmen im Dialog. Eine weiblich, eine männlich.

Die männliche Stimme: »Sie sind mir in meinen Wohnwagen gekracht. Haben Sie Tomaten auf den Augen? Sie sind hoffentlich versichert. Mein Wohnwagen, sehen Sie die linke Seite ist total verbeult.«

Die weibliche Stimme: »Ich soll in Ihren dämlichen Wohnwagen gefahren sein? Sie sind mir mit dem Ding rückwärts in meinen Schnuckel reingefahren, haben Sie keinen Rückspiegel?«

Dann ein alles übertönendes Megafon:

»Bilden Sie bitte eine Gasse! Wir sind von der seriösen Presse, dem investigativem Blitzkurier. Bilden Sie jetzt schleunigst eine Gasse. Jetzt aber dalli dalli!«

Dann auf einmal Musik aus einem Lautsprecher:

»Wenn du gehst, wo bleib dann ich?

Wenn du gehst, was wird aus mir?«

Ein Chor aus weinerlichen, weiblichen Stimmen einer älteren Generation wie man aus den hohen Tönen deutlich heraushören konnte, stimmte live ein:

»Du nahmst mir meine beste Zeit.

Was wird aus der, die übrig bleibt?«

Dann, wie aus dem Nichts: Tatütata.

Mehrere Polizeiwagen kamen von links und rechts und von hinten.

Wieder ein Megafon.

»Hier spricht die Polizei, bewahren Sie Ruhe und Ordnung, Wenn nicht, dann holen wir den Wasserwerfer. Fragen Sie auf der Heinrichstraße nach wie wohltuend kühl unser Wasser sein kann.«

Da sprang plötzlich die Frau mit dem beschädigten PKW behände auf ihr Autodach, dass das Blech mit einem dumpfen Ton laut protestierte und übertönte das Megafon mit volltönendem Sopran und sang mit ausgefeilter Dramaturgie:

»Frische Bademäntel, original verpackte, extrafrottige Honkongware zum Supersonderpreis im Partnerpack nur 19 Euro 99. Solange der Vorrat reicht.«

Dann, wie aus dem Off eine ratternde Reporterstimme:

»Liebe Zuschauer, wir befinden uns mit unserem Live Übertragungswagen direkt vor dem neuen Domizil von Elina Monte, der bekannten Schlagersängerin aus den siebziger Jahren, die die Älteren unter Ihnen bestimmt noch kennen werden.

Es spielen sich hier unglaubliche Szenen ab. An die Fünfhundert Schaulustige, unter Ihnen auch ein Fanclub aus Kappesdorf und einer aus Untermünde, die sich hier einen Sangeswettstreit der alten Monte Hits liefern, haben sich schon am Vortag des Einzuges von Elina Monte hier versammelt um der Diva persönlich zu ihrer neuen Bleibe gratulieren zu können. Wird Elina Monte in ihrem Hautengen, schwarzen Overall, ihr damaliges Markenzeichen vor fünfzig Jahren, erscheinen? Nun liebe Zuschauer, morgen werden wir es erfahren. Schalten Sie also morgen Früh um sechs unbedingt wieder ein, wenn wir den Einzug der Monte live übertragen.«

Ich hatte das Buch längst zur Seite gelegt und es mir mit einem Kissen auf der Fensterbank bequem gemacht und betrachtete die unfassbare Szenerie, die sich vor meinem Fenster abspielte.

Langsam dämmerte es und immer mehr Schaulustige trafen ein. Als es endlich dunkel wurde, sah man kleine Flammen, die von hochgehaltenen Feuerzeugen stammten, sanft zu gesummten Melodien der Monte wiegten.

Ich hatte in dieser Nacht kein Auge zugetan. Der Morgen dämmerte und langsam krochen erste Sonnenstrahlen über die Hermannstraße, bis ihre Ausläufer endlich die Hausnummern 13 und 15 erreichten.

Was die Helle mir zeigte, war nur mit einem einzigen Wort zu beschreiben: Gigantisch!

Aus den fünfhundert Menschen waren jetzt einige Tausend geworden. Schnell aufgeschlagene Zelte standen zwischen Wohnwagen mit überdachten und eingezäunten mobilen Terrassen. Vor Wohnmobilen der unterschiedlichsten Größen saßen rauchende, Kaffee trinkende Eigentümer in Bademänteln und lasen im Blitzkurier, der ein kleines Revival feierte. Während einer hurtig einberufenen Redaktionskonferenz, hatte man sehr einstimmig beschlossen, den lieben guten alten Zeitungsjungen wiederzubeleben, um den Verkauf anzukurbeln. In der nahen Grundschule sollte rekrutiert werden.

Es wurde zehn Uhr, als ein Raunen durch die Menge ging, gefolgt von einem Rasseln, welches entfernt wie ein aufziehender Sandsturm klang.

Ich schaute in die Richtung, aus der dieses unheimliche Geräusch kam und sah, wie sich eine Gasse auf der Straße bildete, die von Roadies mit Ellenbogenhieben und bösen Blicken, geschlagen wurde.

Ein Kettenfahrzeug das an einen Panzer, ohne Schießkanone erinnerte, ratterte durch die freigemachte Gasse und zog so etwas ähnliches wie eine Bühne auf Rädern hinter sich her. Dahinter folgte ein Möbelwagen..

Das Kettenfahrzeug hielt etwas hinter meiner Hauseingangstür, sodass die Bühne genau vor der Hausnummer 15 zum Stehen kam.

Flugs entstiegen dem Möbelwagen dahinter einige kräftige Männer, öffneten die hinteren Flügeltüren und trugen allerlei Schnickschnack zu der blanken, ungeschmückten Holzbühne auf Rädern.

Ich entdeckte Torsten Kröll, wie er den Männern Anweisungen gab und rief ihn zu:

»Hallo Herr Kröll, den Beruf gewechselt?«

Sein Blick war gezügelter Hass.

»Kann man so sagen Herr Hausmeister, aber so eine Roadietour ist um einiges lukrativer als ein stinknormaler Umzug.«

Ich sah wie man Scheinwerfer, Lautsprecher, Mikrofone und eine große Musikanlage aus dem Möbelwagen beförderte und zur Bühne schleppte.

Etwas abseits der Bühne erbaute man ein kleines Holzhäuschen mit einem Giebeldächlein, hinter dem man einen eisernen, mannshohen Tresor aufstellte, neben den sich, zu beiden Seiten zwei muskelbepackte Skinheads aufstellten.

Auf ihren schwarzen T-Shirts stand blutrot geschrieben: Security.

»Sagen Sie Herr Kröll, werden die Rolling Stones ein Platzkonzert geben? Oder was hat der ganze Aufwand für einen Sinn?«

Torsten Kröll sah mich mit einem linkischen Blick schief an und ließ mich, ohne mir eine Antwort zu geben stehen und begab sich zu seinen Männern.

Die Menschen, die eben noch im Blitzkurier gelesen hatten, oder auf ihren provisorischen Terrassen noch Kaffee getrunken hatten, scharten sich vor der Bühne, die jetzt um einiges professioneller aussah zusammen. Eine kleine Frau um die sechzig, die um einiges hinten stand, war pfiffig genug, ihrem Angetrauten einen Kasten Bier zu entwenden, den sie vor sich in beiden Händen hielt und mit einem kolorierten Sopran unüberhörbar rief: »Freibier für die ersten zwanzig starken Männer da vorne, die mich hier hinten abholen.«

Dieser unmissverständliche Aufruf verursachte einige wüste Rempeleien in den vorderen Reihen, wo sich zehn starke Männer mir ausladenden Bierbäuchen spontan zusammengeschlossen, um der

Bitte nachzukommen und die hilflose Frau und ihr Bier nach vorne zur Bühne zu befördern.

Plötzlich, nicht ganz unerwartet, gingen die Scheinwerfer an und ihre grellen Lichter verwandelten die pomadig verkleideten Holzbretter in eine spektakuläre Showbühne.

Donnernde Musik setzte ein. Links und rechts erhellten zwei Spots kreisrunde Flächen und hinter dem Vorhang sprangen zwei Frauen um die Mitte zwanzig in enganliegenden Lederoveralls und rotbraunen Perücken auf dem Kopf heraus und wiegten mit ihren Hüften zur Musik, die sich jetzt langsam veränderte und in einen melancholischen Refrain überging.

Die Menge, vor allem die Frauen, begriffen sofort und intonierten lautstark: »*Wenn du gehst, wo bleib dann ich?*«

Die beiden hüftwiegenden Modells hatte jeweils ein Mikrofon in der Hand und gaben ein Playback zum Besten, was den Namen nicht verdiente, da sie zu unerfahren waren, um textsicher zu sein.

Die Musik verstummte und ein leiser, dann lauter-
werdender Trommelwirbel setzte ein.

Ein Mann sprang mit einem Mikro in der Hand auf
die Bühne. Er breitete beide Arme weit aus, wie es
selbst der Papst nicht besser gekonnt hätte und
machte mit beiden Händen das Viktory-Zeichen.

»Meine lieben Freundinnen und Freunde. Meine
lieben Fans von unserer Elina Monte. Ach was
sage ich? Von *der* Elina Monte, es kann nur eine
geben.«

Applaus brandete auf und der Sprecher machte
eine kleine Pause und lächelte jovial in die Menge,
als gelte die Huldigung nur ihm persönlich.

Er zupfte bescheiden am Revers seines Sakkos, in
dessen Knopfloch eine rote Rose aus echtem
Kunststoff steckte.

»Nun meine lieben Fans, heute sollte Elina hier in
diesem Haus ihre neue Wohnung beziehen. Was
soll ich sagen? Diese große Künstlerin, die Genera-
tionen mit ihrer Musik zum Träumen, zum Weinen
brachte und immer auch Hoffnung auf eine neue

Liebe gab, diese grandiose Künstlerin, unsere, Ihre Elina Monte soll hier ihre letzten Tage fristen?

Ich frage Euch Frauen, wollt Ihr das wirklich zulassen? Sollte sie nicht, wie weiland die Dietrich, in Paris residieren oder in New York die Metropolitan Oper mit ihrer großen Kunst beehren?

Und Ihr Männer? Erinnert ihr Euch noch an ihre Plattencover? Welch süße, feuchte Träume hat Elina Monte Euch beschert und mit ihren Kurven Euren Schlaf beglückt?

Wollt ihr diese einzigartige Frau aus eurem Gedächtnis verbannen und vergessen? Wollt ihr wirklich eure erste unerreichbare Jugendliebe aus euren Herzen verbannen und sie hier zugrunde gehen lassen?«

Diese aufrüttelnden Worte, dieser an die Herzen gehende Appell jagte die Menge in eine frenetische Ekstase und mündete in ein laut gebrülltes, kollektives: »Nein!«

Sofort setzte die Musik zu dem Hit »*Deine Augen sind so tief und grau ...*«, ein.

Die beiden Modells versuchten sich, mit ihrem Hüftschwung gegenseitig zu übertreffen, und übertrieben es ein wenig mit dem Gehopse, da sie aus Gründen ihrer Modelkarriere gerade wieder eine Diät machten und demzufolge ihre Puste nicht bis zum Ende des Songs durchhielt.

Als die Erste zu Boden plumpste und die andere mit einem unfreiwilligen Knicks zu Boden ging, war auch dem Letzten aus der grölenden Menge klar, dass die beiden keineswegs das Original sein konnten.

Der Konzertmanager Carl Wieland war jetzt voll in seinem Element.

»Wenn Ihr also, liebe Fans von Elina, ihr dieses Schicksal ersparen wollt, Ihr ihre große Kunst unvergessen machen wollt, Dann kommt nächste Woche zum großen Freiluftkonzert von Elina Monte. Noch einmal wird sie Euch ihre unvergessenen großen Hits singen und ein fantastisches Comeback auf der großen Showbühne geben. Wollt Ihr das?«

Die Menge antwortete mit einem tiefen Schweigen und ich fragte mich, was hier eigentlich wirklich abging.

Der Konzertmanager breitete wieder seine Arme weit aus.

»Wollt ihr das? Wollt Ihr Elina Monte, diese einzigartige Künstlerin wiedersehen und hören?«

Jetzt endlich schien die Menge, wahrscheinlich hervorgerufen durch ein Schwarmverhalten zu begreifen und ein orkanartiges:

»Ja, wir wollen die Monte sehen und hören.«

Der Konzertmanager rieb sich die Hände, lächelte die Menge an und rief:

»Dort liebe Leute«, er zeigte mit dem rechten Arm die Richtung, «dort haben wir extra für Euch ein Kassenhäuschen aufgebaut. Die ersten zwanzig von euch erhalten das Ticket für nur einhundert Euro, alle die dahinter kommen, zahlen einhundertfünfzig Euro was immer noch ein Spottpreis ist für ein Konzert mit der einmaligen, einzigartigen Elina Monte.«

Urplötzlich, doch für mich nicht ganz unerwartet nach diesem Verkaufstrick, setzte der Tumult und das Wettrennen zum Kassenhäuschen ein.

Ich erspähte die Dame mit dem Bierkasten und ihre zehn Bierbäuche, die um sie eine römische Schhildkröte ohne Dachbedeckung dafür aber mit Bierflaschen als Ersatz für Schild und Schwert gebildet hatten. Sie ging in der Mitte und kommandierte: »Vorwärts Männer, links, rechts, links, rechts nicht so lahm, schneller setzt euch durch, wofür habt ihr denn die Bierflaschen? Los, schlagt zu, links, rechts ...«

Torsten Kröll als intelligent zu bezeichnen, wäre eine echte Beleidigung für jeden Erstklässler mit rudimentären Einmaleinskenntnissen. Aber eine Art von Situationsschläue konnte ich ihm jetzt nicht absprechen.

Spontan hatte er seinen Möbelwagen zu einem Rammbock umfunktioniert und dessen Windschatten an zwanzig hilfesuchende Damen gegen zehn Euro pro Nase vermietet.

Dieser Möbelwagenrammbock bewegte sich jetzt mit Schrittgeschwindigkeit auf die römische Schildkröte zu, was in meinen Augen nur zu einer Kollision mit leichten Vorteilen des Möbelwagens führen konnte.

Auch die beiden Muskelpakete der Security, die den noch leeren Tresor bewachten, machten schon mal kleine Muskelübungen um ihre Bizepse aufzuwärmen um auf das, was da auf sie zurollte, vorbereitet zu sein.

Als ich schon bereit war, mich für eine der beiden Parteien als Sieger zu entscheiden, setzte hinter mir plötzlich rhythmische Marschmusik ein. Trommeln gaben den Takt und Flöten ließen optimistisch und frohgemut ins Verderben Schreiten.

Einigen weiblichen Fans war offensichtlich eingefallen, das ihre Ehegatten ja im selben örtlichen Schützenverein waren und hatten diese animiert, sich unverzüglich in ihre Uniformen zu schmeißen und den Kampf um die ersten zwanzig Eintrittskarten aufzunehmen.

Und so marschierten sie unaufhaltsam mit entschlossenen, grimmigen Minen drohend und mit Holzgewehren bewaffnet, denen rote Nelken anstelle des Bajonetts an der Mündung steckten in lodengrünen Uniformen dem unausweichlichen Kampf entgegen. Vorneweg der Fahnenträger, der die Fahne mit einem Hirsch im Wappen trug, dahinter Mädchen und Knaben, augenscheinlich der Nachwuchs, der den musikalischen Teil dieser martialischen Truppe ausmachte und dann endlich der Oberst, dem man seinen Führungsanspruch sofort ansah, da seine Frau ihm noch schnell eine weiße Feder auf den grünen Hut gesteckt hatte.

Hinter den waffenstarrenden Schützen die ihrem Oberst bis ins Verderben folgen wollten, liefen wie einst die Marketenderinnen die Schützenfrauen vollkommen ungeordnet im Windschatten ihrer Armee hinterher, bereit, sich die ersten zwanzig Eintrittskarten zum Vorzugspreis zu sichern.

Das Kassenhäuschen, indem vermutlich eine einsame Eintrittskartenverkäuferin saß, stand den widerstreitenden Gruppen schutzlos gegenüber. Nur der leere Tresor wurde immer noch streng von jenen Beiden bewacht, die für die Sicherheit des zu erwartenden Inhalts des Tresors zuständig waren und die sich jetzt ganz im Gegensatz ihres Arbeitsauftrages, um die eigene Sicherheit Gedanken machten, wie ihre bleichen Nasen einem Beobachter verraten hätte.

Doch auch die Bündelung militärischer, oder paramilitärischer Kräfte wird gegen ein zu allem bereiten und entschlossenen Bürgertum nichts ausrichten können. Das wusste ich und sogar Honecker musste einst diese Erfahrung machen, die jetzt auch die drei rivalisierenden Gruppen machten.

Es bedurfte nur eines einzelnen, verzweifelten Rufes aus der Menge der Unorganisierten und aus dem Ruf wurde eine leichte Brandung, die noch sanft gegen Klippen schlug, bis sie ausuferte und zu einem einzigen, kollektiven Schrei wurde. Nicht nach Freiheit etwa, nein, nach Eintrittskarten zum Vorzugspreis.

Woge um Woge, Welle um Welle, brandete gegen das bedauernswerte Kartenhäuschen mit der einsamen Eintrittskartenverkäuferin darin, die sich nicht mehr traute, das kleine Fensterchen aufzumachen, um die Tickets zu verkaufen. Die muskelbepackten Tresorwächter konnten auch keine Hilfe mehr sein, die hatten schnell noch ihre Arbeitsverträge diskutiert und festgestellt, dass sie bei körperlichen Versehren durch höhere Gewalt keinen Anspruch auf Lohnfortzahlung hatten. Da ausgestattet mit einem Freelancervertrag, gaben Sie sich gegenseitig spontan zwei Tage unbezahlten Urlaub, von heute an. Sie wollten ihre kurzen Ferien mit ein paar Bierchen in der nächsten Kneipe beginnen und nahmen ab sofort keine relevanten Anrufe mehr an. Auch ich dachte an ein Bierchen. Zurück in meine Wohnung zu gelangen wäre ein schier hoffnungsloses Unterfangen gewesen, die Menge drängte sich jetzt dicht an dicht. Rempeleien verursachten blaue Flecken und Schlägereien gebrochene Nasen und schlimmeres.

Also wandte ich mich rückwärtig von dem tosenden Gewabbere aus Menschenleibern ab und schlenderte nachdenkend über das gerade erlebte, beide Hände in den Hosentaschen vergraben zu Julio und seinem Kiosk.

»Hast du bitte ein kaltes Helles für mich Julio?«

Meine Kehle war trocken und rau und in meinem Mund schmeckte ich den beißenden Geschmack eines ausgewrungenen Schweißtuches in der Sommerhitze.

»Haste keine gute Tag heute, eh«, Julio lächelte selten, doch jetzt hatten sich seine Mundwinkel nach oben gezogen. Es bestand noch Hoffnung bei ihm. »Musse nich alles auf schwere Schulter nemme, Lebbe zu kurz.«

»Hast du das nicht mitbekommen? Das mit dem Einzug der Monte, das war ein Fake«, sagte ich, noch immer benommen vom Erlebten.

Julio nahm sich ein Glas aus dem Regal und polierte es nachdenklich und solange mit einem Handtuch, das mir bange um das Glas wurde.

»Was isse denne passiert? Wohnungsverwaltung hatte Werbung, Zeitung hatte sich gute verkauft, Monte isse wieder Star und mache viel Geld und Fans finde fantastico, habe Idol zurück. Were hatte bitte schön was verlore, eh?«

So betrachtet hatte Julio recht. Aber mit Kurt Haber werde ich noch ein Wörtchen zu reden haben, nahm ich mir vor. Ich bringe ihn auf seinen Posten als Leiter der Neukundenbetreung und er lässt mich einfach so auflaufen. So nicht lieber Kurt.

Neuer Vorstand

Die Woche fing ja schon einmal mit einer aufregenden Neuigkeit für mich an. Eine Neuigkeit, deren Tragweite mir noch nicht bewusst war.

Die erste Neuigkeit war, dass die Wohnungsverwaltungs- und Vermietungsgesellschaft AG, mein Arbeitgeber einen neuen Vorstand bekommen hatte:

Dr. Winnifried Umblicker und sein grandioses Team

So weit so gut, ich hatte also mal eben neue Bosse bekommen.

Das kann Vorteile, aber auch Nachteile bringen. In welche Richtung die Reise ging, konnte man im Vorfeld ja nie wissen.

Was mich an dieser Nachricht so pikste und nachdenklich machte, war ein altes Sprichwort: Neue Besen kehren gut.

Nun besteht ein Besen ja aus einem langen Stiel und einer Art Querbrett, auf dem die Borsten zum Kehren angebracht sind.

Was konnte also ein solch simpler Gegenstand, noch dazu aus Holz minderer Qualität, jedenfalls kein Teak oder Kirschbaum, gefertigt bei einem solch komplexen Unternehmen wie dem unseren schon groß verändern?

Und was sollte ein neuer Vorstand auch groß verändern können? Schließlich hatte er den Aufsichtsrat vor der Nase und die Aktionäre würden ihn bei der nächsten Aktionärsversammlung schon abstrafen, sollte er zu hitzig und scharf gekehrt haben.

Doch als Hausmeister weiß ich eben auch einiges über die menschliche Natur zu berichten. Und die war rational nicht immer, oder besser oft selten zu begreifen und zu verstehen. Außerdem kam erschwerend hinzu, dass es gerade Mitte Juli war. Die Temperaturen waren auf über dreißig Grad geklettert und konnten somit auch für Überhitzung von Gemütern sorgen; auch und eben in bestens klimatisierten Vorstandsetagen, wo es jetzt um neu zu besetzende Posten und Pöstchen ging. Die Krallen waren geschärft, die Ellbogen abgehärtet und die Zungen spitzer. Das Gemetzel auf gehobener bis höchster Ebene konnte beginnen. Neudeutsch auch Managerbashing genannt.

Doch aus Gründen einer gesunden und mitarbeiterfreundlichen Unternehmenskultur, bediente man sich lieber an weniger martialischen Begriffen, die jeder Reinigungskraft im untersten Dienst bekannt waren. Hygiene oder Bereinigung, waren nette, für die Außendarstellung in den Medien Umschreibungen für das, was da kommen sollte:

Köpfe würden rollen.

Anton Goldbach, langjähriger Mieter der wegen enormen Übergewichtes und daraus resultierender, gelegentlicher Atemnot seine Wohnung nicht mehr verlassen konnte und obendrein mein guter Freund geworden, rief mich auf meinem Handy an.

»Tino, hast du es gelesen?«

Keine Frage für mich, worauf er hinaus wollte.

»Ja Anton, ich habe es schon vor dem Zeitungsartikel gewusst. Du kannst dir sicher vorstellen, was diese Nachricht für einen Aufruhr bei meinen Kollegen verursachen wird.«

»Da war die stille Post wohl mal richtig laut was?« Sein Atmen kam wie immer schwer und stoßweise, wenn er sich in Erregung versetzt hatte.

»Ach Anton, reg dich nicht auf, vielleicht verändert sich ja auch gar nichts«, log ich mir selber in die Tasche.

Doch Anton ließ sich nicht täuschen. Er war schon lange auf der Welt und seine Instinkte, durch Erfahrung geschärft, gepaart mit seiner Menschenkenntnis schlugen Alarm.

»Weißt du, wie hoch meine Rente ist? Nein, frag lieber nicht. Die ist auf Kante genäht und zum Amt gehen und um Wohngeld zu betteln liegt mir nicht. Ich komme ja nicht mal die Treppe hinunter.«

Ja ja, wusste ich. Die Rente ist sicher, wie Norbert Blüm einmal frohlockte und wie ein Mantra in jedes Mikrofon betete, dass sich ihm darbot. Aber über die Höhe sagte dieses Statement, damals wie heute leider recht wenig aus.

Und den Blüm konnte man an sein Versprechen ja nicht mehr messen, der war längst aus dem Amt und verlebte seine sicher üppigen Altersbezüge als ehemaliger Arbeits- und Sozialminister im eigenen Häuschen mit Garten. Je höher die Mädchen und Jungs in der Politik aufstiegen, so länger wurden ihre Nasen, bis sie selber deren Spitzen nicht mehr sehen konnten. Doch rot vor Scham wurden Sie während des stetigen Nasenwachstums nicht, höchstens etwas blass um die langen Näschen.

Immerhin war der Blüm noch bodenständig geblieben und war nicht dem Lockruf des Ostens, sprich Geldes, gefolgt um nach der Politkarriere nun erst richtig Kasse zu machen. Aber auch weit im Westen konnte man sich die lange Nase vergolden lassen. Zur Not mit einer schönen und gepflegten Gast-Professur und dem Konto guttuenden, lukrativen Buchtantiemen. Solche Autobiografien ehemaliger, politischer Berühmtheiten standen bei Buchmessen immer hoch im Kurs..

»Anton mein Lieber, jetzt halt mal die Luft an und rege dich nicht jetzt schon so auf. Es gibt Gesetze die verhindern, das Mieten einfach so erhöht werden können.«

Ich glaubte selbst nicht, was ich da sagte. Aber das Mittel der Verdrängung half nicht nur bei einem schlechten Gewissen, es funktionierte auch, wenn man sich selbst beruhigen musste. Nur nennt man es dann: Den Kopf in den Sand stecken.

»Na gut, warten wir erst einmal ab. Vielleicht wird ja wirklich nichts passieren und ich mache mir nur unnötig Sorgen. Tschüss Tino.«

Jetzt gab es schon zwei Köpfe im tiefen Sand. Ich ahnte, es würden noch mehr werden und man würde die Sahara benötigen, um all die Rüben unterzubringen.

Mir war aber auch klar, das meine Position als Hausmeister hier im Viertel sehr bald kompliziert werden würde, das erfuhr ich Jahr für Jahr aufs neue, wenn die Nebenkostenabrechnungen versendet waren.

Als kleinster Nenner in der Unternehmenshierarchie stand ich in der Nahrungskette ganz unten und machte mir keine Illusionen darüber, was man mir alles an den Kopf werfen würde.

Das Handy brummte. Madlen Jäckel. Ob die Dichtung ihrer Spüle wieder hinüber war?

»Hallo Madlen, wie geht es Ihnen.«

Ihre Stimme rauchig wie immer hauchte, »ach mein lieber Tino, ich brauch mal wieder Ihre Hilfe. Ich glaube die Dichtung der Spüle dichtet nicht mehr so richtig. Es tropft und tropft. Und ich weiß wirklich nicht, was ich ohne Sie machen sollte. Könnten Sie vielleicht ...,? Ich möchte keine Überschwemmung erleben.«

Madlen kam auf meiner Liste der Begehrlichkeiten gleich hinter Nora und Layla. Aber hatte sie nicht kürzlich bei der Eröffnung von Kittys Saloon mit Torsten Kröll, dem möbelpackenden Weiberheld, der mir auch schon bei Nora zuvorgekommen war, angebändelt? Warum sollte ich mir nicht ein paar warme Gedanken machen und mich beim Kröll revanchieren?

»Madlen, ich bin auf dem Weg, haben Sie auch einen Kaffee für mich?«

»Aber ja doch mein Lieber. Auch zwei Tassen, eine vor dem Dichten und eine danach. Geben Sie mir zehn Minuten ja? Ich muss mich noch kurz umziehen und das tun, was Frauen eben so tun, wenn ein attraktiver Mann zum reparieren kommt.«

Dann mal auf zum Dichten des Lecks Tino, meine Wangen glühten und ich dachte kurzfristig darüber nach, mein Diensthandy auszuschalten. Aber das kam natürlich nicht infrage.

Ihr schwarzer Rock endete sehr weit oben sodass man knapp über ihren schwarzen halterlosen Nylons, etwas Haut der Oberschenkel sehen konnte. Die Lippen waren knallrot und ihre Lidschatten waren dunkel, als sie mir die Tür öffnete.

»Tino? So schnell? Ach Gott, wie sehe ich denn nur aus? Sie müssen mich ja für sonst was halten.

Ich war ja so sehr mit Kaffee kochen beschäftigt, dass ich doch ganz die Zeit vergessen habe. Aber bitte, kommen Sie doch herein.«

»Soll ich mich gleich um die Dichtung Ihrer Spüle kümmern?« Fragte ich etwas linkisch.

Madlens Augenaufschlag war gekonnt. Ihre Beine, die der einer Eisschnellläuferin in nichts nachstanden, setzten sich in Bewegung und ließen Ihre vollen Hüften leicht von links nach rechts und wieder zurück schwingen.

»Ach Tino, ich bin ja so froh, dass Sie hier sind. Wollen wir nicht erst einmal im Wohnzimmer auf dem Sofa gemeinsam einen Kaffee trinken? Küchen und ihre Spülen sind ja immer so nüchtern und so unromantisch. Bitte machen Sie es sich doch schon mal bequem, fühlen Sie sich ganz wie zuhause. Ich hole nur schnell unseren Kaffee.«

Mein Hausmeister-Gewissen meldete sich, als ich mich auf das weiße Ledersofa setzte. Aber musste ich denn immer so gewissenhaft, so verantwortungsbewusst sein? War ich denn nicht auch nur ein Mann, ein Mann ohne Frau dazu? Durfte ich mich denn nicht auch mal gehenlassen? Einmal ein Vergnügen über meine Aufgaben stellen?

Madlen kam mit zwei Tassen Kaffee zurück und stellte sie auf dem Tisch ab. Dann ging sie zur Schrankvitrine und nahm zwei Cognacschwenker und eine dreiviertelvolle Flasche Hennessy heraus.

»Ach Tino, das Leben ist manchmal so ernst und freudlos, nicht wahr? Da kann ein kleines Schlück- chen nicht schaden.«

Sie goss uns üppig vom Cognac ein, wobei sie sich so weit vorbeugte, dass die Knöpfe ihre Bluse arg anspannte.

Sie schlug ihre Beine übereinander und prostete mir zu. Ihre Zungenspitze berührte leicht und wie zufällig den Rand ihres Glases und ihr Blick traf mich tief.

»Ach Tino, eine einsame Frau wie ich ist ja manch- mal so hilflos«, ihr knapper Rock rutschte etwas nach oben, was den Horizont über ihren Nylons er- weiterte.

»Ich habe zufällig gehört, dass Sie neue Chefs bekommen haben. Muss ich mir Sorgen machen? Sie als Hausmeister sitzen ja ziemlich weit oben, mit Ihrer Verantwortung und dem Wissen um die Bedürfnisse und Nöte der Mieter hier im Viertel.«

Das war es, meine Libido hatte zu Ende. Ich war genauso ein Trottel wie Torsten Kröll. Besser eine späte Erkenntnis als gar keine. Ich stellte den Schwenker auf den Tisch.

»Madlen ich glaube, ich sollte jetzt gehen. Ich kann Ihnen keine Informationen liefern und bewege mich genauso im Dunkel wie Sie. Ich denke, das mit Ihrer Dichtung hat sich erledigt, danke für den Kaffee.«

Ich stand auf.

»Aber Tino, so war dass doch nicht gemeint. Ich dachte wir ...?

Ihr Mund lockte nicht mehr zum Kuss. Ihr hoher Rock wirkte jetzt plötzlich obszön und ich sah auf einmal Layla in ihrer Polizeiuniform vor mir stehen, ihren Zeigefinger auf meine Herzgegend hämmern, »schalt mal dein Hirn ein, Herr Hausmeister,«

Eine Woche später.

In meiner internen Post lag ein Briefumschlag. Adressiert an:

Tino Pieper, Hausmeister, Persönlich.

Ich nahm ihn in die Hand und wog ihn. Hauspost im Briefumschlag bekomme ich selten und wenn, dann musste der Inhalt von außerordentlicher Wichtigkeit sein. Ansonsten bekam ich meist firmeninterne Memos per Fax oder Email in denen mir dies und das mitgeteilt wurde.

Ich ahnte nichts Gutes und setzte mich erst einmal an meinen Schreibtisch und nippte an meinem Kaffee.

Alles in mir weigerte sich, den Umschlag zu öffnen. Meine Hände zitterten und aus meiner Tasse schwappte mir Kaffee auf meinen grauen Hausmeisterkittel. Aber ich wusste, es hat keinen Zweck, je länger ich zögerte und das Öffnen hinausschob, desto schlechter würde es mir gehen.

Ein Kugelschreiber diente mir als Ersatz für einen Brieföffner.

Ratsch und der Umschlag war geöffnet. Er enthielt mehrere DIN A 4-Seiten. Ich nahm sie heraus.

Sehr geehrter Herr Pieper,

hiermit teilen wir Ihnen vorsorglich schon einmal mit, dass wir beabsichtigen, in der von Ihnen betreuten Wohnanlage, umfangreiche Modernisierungsmaßnahmen an und in den Häusern vorzunehmen.

Diese Maßnahmen sind im Hinblick auf Werterhaltung und Wahrnehmung der einzelnen Immobilien notwendig.

Unser neuer Vorstandsvorsitzender Dr. Winnifried Umblicker und sein grandioses Team haben gerade in der von Ihnen betreuten Wohnanlage ein Steigerungspotenzial der aktuellen Mieteinnahmen in geradezu exorbitanter Höhe festgestellt, dessen Umsetzung und Generierung wir uns jetzt mit vereinten Kräften widmen wollen.

Wir wollen es für Sie einmal mit einfachen Worten erklären und lassen aus diesem Grunde das Fachchinesisch weg:

Uns ist durchaus bewusst, dass wir die zu erstrebenden Mieterhöhungen mit den derzeitigen Bestandsmietern, jedenfalls nicht ohne Streiks oder Schlimmeres zu provozieren, kaum durchsetzen werden können. Fazit: Die müssen also weg und woanders hinziehen um für ein gehobenes Mieterklientel Platz zu schaffen.

Also haben Herr Dr. Winnifried Umblicker und sein grandioses Team eine weitblickende und nachhaltige Strategie entwickelt, um die Vorstandsgehälter, die ja nun bekanntlich bei einem Vorstandswechsel nicht unerheblich ansteigen, auch für die Zukunft zu sichern. Qualität hat eben ihren Preis.

Ganz bestimmt ist Ihnen als Angestellter unseres Unternehmens daran gelegen, Ihr bisheriges Gehalt, das wir allerdings als weit überzogen und viel zu üppig empfinden weiter beziehen zu können und keine Kürzungen in Kauf nehmen zu müssen.

Hier nun unsere weitblickende und nachhaltige Strategie in kurzen Worten:

Der Wohnungsmarkt ist in unserer Region (also auch bei Ihnen) äußerst angespannt. Die Mieten in Ihrer Wohnanlage sind für uns daher viel zu niedrig bemessen und zu mickrig.

Also müssen wir die aktuellen Mieter bei Ihnen schleunigst loswerden und verscheuchen, da es sich ja in der Menge um Rentner, Arbeitslose und sonst so ein Pack handelt, welche nicht in der Lage sind, unsere bescheidenen Vorstandsgehälter durch die von ihnen zu zahlenden Mieten in Zukunft abzusichern.

Da wir aber keine allzu teuren Maßnahmen, wie neue Fenster und Türen oder energiesparende Erneuerungen durchführen wollen um die Mieten erhöhen zu können, dachten wir daran, das Mittel der preiswerten, psychologischen Kriegsführung zu nutzen.

Wir haben also eine eigene Malerfirma gegründet und statten diese mit Malern von Zeitarbeitsfirmen *aus. Wir wollen uns ja nicht langfristig mit festangestellten Arbeitskräften belasten.*

Im Nachgang haben wir uns bei einem Chemieunternehmen darüber informiert, welche Farben in der Lage sind Depressionen, allgemeines Unwohlsein, Aggressivitäten, Massenflucht und dergleichen negative Reaktionen hervorzurufen.

Das Ergebnis hat uns tatsächlich überrascht. Es ist die Farbe: Kackbraun!

Glücklicherweise hat besagtes Chemieunternehmen noch massenhaft Kapazitäten der Farbe Kackbraun aus den frühen dreißigerjahren auf Lager und ist gewillt, uns diese zu einem Spottpreis zu überlassen und zu einer ecklig minderwertigen jedoch durchaus gut brauchbaren Fassadenfarbe aufzubereiten.

Es wird also in Kürze ein Heer von Zeitarbeitern, die hinsichtlich einer späteren Festanstellung fälschlicherweise optimistisch sind, bei Ihnen in die Wohnanlage einfallen und alle Häuser in Kackbraun anstreichen.

Halten Sie die Jungs und Mädels, die da anstreichen kommen bei Laune und prahlen Sie ordentlich mit Ihrem üppigen Gehalt und unseren vorbildlichen Sozialleistungen.

Damit tragen Sie motivierend dazu bei, dass wir deren Akkordarbeit ohne Zusatzkosten bekommen, da sie sich dann ordentlich ins Zeugs legen werden in der falschen Hoffnung, eine Festanstellung von uns zu bekommen.

Zu Ihrer Unterstützung der Motivationskampagne haben wir einen wundervollen Preis ausgelobt.

Die drei schnellsten Anstreicher erhalten von uns einen einwöchigen Aufenthalt in Timbuktu bei eigener Anreise versteht sich, was wir aber nicht tiefer kommunizieren sollten.

Wir sind der festen Überzeugung, dass diese drei sensationellen und einzigartigen Preise für einen zusätzlichen, ungeahnten Motivationsschub bei den Anstreichern sorgen, aber wegen der hohen Anreisekosten als Selbstzahler bestimmt nicht angetreten werden.

In einer Woche ab morgen, davon gehen unsere Berechnungen aus, wird die von Ihnen betreute Wohnanlage ganzheitlich in Kackbraun erstrahlen und zu der von uns gewünschten und erhofften Kündigungsnwelle der Mietverträge führen.

Unsere Abteilung für Neumieter-Generierung ist jedenfalls jetzt schon hoch motiviert dabei, neue und solvente Mieter für ihre/unsere Wohnanlage zu akquirieren und vorzumerken, wenn das Kackbraun dann wieder entfernt ist.

Machen Sie Ihrem Beruf als Hausmeister alle Ehre.

Mit vorzüglichen Grüßen

Dr. Winnifried Umblicker und sein grandioses Team

Nachdem ich diesen Brief gelesen hatte, war mir schlagartig klar, in welche Richtung es ging. Hier lagen ganz offensichtlich hirnverbrannte Vollprofis in Sachen Kreierung einer neuen Unternehmensphilosophie in ihren Wehen.

Das waren keine neuen Besen, das waren wahre Kehrmaschinen. Und die, die diese Maschine bedienen wollten, waren nicht im Besitz einer für sie dringend   notwendigen Bedienungsanleitung oder Fahrerlaubnis..

Ich war noch dabei, ein der neuen Situation geschuldetes Verhaltensschema für mich zu finden, als mein Handy brummelte.

»Tino Pieper, Hausmeister«, meldete ich mich aus meinen Gedanken erwachend.

»Ich wünsche einen schönen Tag Herr Pieper. Hier ist Torsten am Apparat. Wie geht es Ihnen?«

Dieser unterwürfige Ton in der Stimme des Anrufers ekelte mich sofort an. Ich brauchte nicht lange zu rätseln, dieser Typ war Torsten Kröll, der möbelpackende Muskelprotz.

Doch wieso schleimte der mich gerade so an? Was wollte er mit diesem Anruf bezwecken?

»Aber ja, ich erinnere mich, Herr Kröll, nicht wahr? Danke der Nachfrage, mir geht es gut und was verschafft mir die Ehre Ihres Anrufs?«

»Och, nur mal so Herr Hausmeister. Ich meine, ich dachte, nun ja irgendwie sind wir doch Kollegen und ...«

»Ja und was Herr Kröll? Wollen Sie mich zu einem munteren Möbelrücken mit anschließender Vernissage einladen?«

Ich hörte sein verlegenes Schweigen atmen. Dann kamen ihm zwei Ideen.

Die Falschen wie sich schnell herausstellte, als er herumdruckste.

»Nein Herr Hausmeister, in meiner Freizeit rücke ich keine Möbel und zur Verni gehe ich nicht mehr zur Massage. Oder meinten Sie das Restaurant? Ich glaube, ich habe davon schon einmal gehört. Griechisch nicht wahr? Oder ist es ein italienisches? Na ja, egal.«

Himmelherrgott! Was für ein Drösel.

»Nein nein Herr Kröll, ich meinte kein Restaurant. Aber, wo gibt denn die Verni ihre Massagen? Ich meine, massiert die den ganzen Körper? So richtig?«

Es machte mir ungeheuren Spaß diesen Schlaumeier in die Ecke zu treiben. Mal sehen, wie und womit er mich belügen würde.

»Ja, das kann ich Ihnen sagen, die Verni die massiert einen so richtig durch. Überall, wenn Sie verstehen. Aber die ist jetzt leider nach Spanien, ich glaube die Stadt heißt Mailand gezogen.«

Dieser Kröll verkaufte mir nicht nur eine Lügengeschichte, sondern eine schlechte noch dazu, um seine wirklichen Absichten zu verbergen.

Aber er amüsierte mich mit seiner Hilflosigkeit und ich beschloss ihn auf eine Spitze zu treiben, auf der er nicht mehr balancieren konnte und das Mittel dazu war pure Gier. Mit Gier ließ sich jede latent korrupte Seele einfangen.

»Wissen Sie Herr Kröll, was mir gerade einfällt? Sie sind ja in der Möbelbranche tätig und ich vermute, das Sie als heller Kopf doch bestimmt auch andere Talente, wie zum Beispiel das Malen und Anstreichen haben. Und da denke ich, dass Sie sich unbedingt bei meiner Firma bewerben sollten. Da rollt gerade ein ungeheures Ding an, von dem nur wenige wissen.

Und wenn Sie jetzt ganz schnell sind, verdienen Sie sich mit einem eigenen Malerunternehmen, das Sie sofort schleunigst gründen sollten, dumm und dämlich. Na wie klingt das?«

Ich bekam von ihm ein beredtes Schweigen, das mir verriet, wie es nun in ihm arbeitete. Gier war eine Grundhaltung von Torsten Kröll, wie ich nach einigen Erlebnissen mit ihm wusste.

»Und wie soll ich das anfangen Herr Hausmeister?«

»Och das ist im Grunde ganz einfach. Sie schreiben unserem Vorstandsvorsitzenden Dr. Winnifried Umblicker einen Brief. Darin erwähnen Sie, das Sie von einem Redakteur vom Blitzkurier erfahren haben, dass einer aus dem grandiosen Team des Dr. Umblicker ihm, dem Redakteur gesteckt hat, das in Kürze erhebliche Malerarbeiten hier an unseren Häusern vorgenommen werden sollen und Sie über ein eigenes Malerunternehmen mit jeder Menge

Fassadenfarbe in Kackbraun verfügen. Außerdem sei es Ihr Herzenswunsch, einmal im Leben das schöne Timbuktu zu sehen und daher ganz schnell arbeiten werden um die Reise zu gewinnen. Das war es schon Herr Kröll. Sie werden sehen, der Auftrag ist Ihnen so gut wie sicher und Sie können sich bald einen Porsche kaufen.«

Ich fühlte, wie Torsten Kröll sich gedanklich in den Olymp eines Malerimperiums emporsteigen sah und ganz nebenbei mit Nora im Porsche nach Timbuktu brauste. Das Navi würde schon wissen, wo das ist.

Den Samen hatte ich ausgelegt. Nun musste ich nur noch abwarten, wie sich die Dinge entwickeln würden. Die Gier, so viel wusste ich, würde zum Gelingen meines spontanen Plans ihren Teil dazu beitragen und auch Torsten Kröll, dem sie zu eigen war.

Zwei Tage später.

»Tino Pieper am Apparat. Was kann ich für Sie tun?«

»Torsten Kröll hier. Also Herr Hausmeister, zum ersten Mal bin ich Ihnen dankbar.«

Torsten Kröll und dankbar?

»Wissen Sie Herr Hausmeister, ich bin ja nicht auf den Kopf gefallen. Nach Ihrem Tipp habe ich beim Blitzkurier angerufen und nach dem Redakteur verlangt. Sie wissen schon, dem Freund von einem aus dem grandiosen Team.«

»Und Herr Kröll, sind Sie fündig geworden?«

»Ha, ich sag Ihnen was. Die haben mich sofort in ihre Redaktion eingeladen. Wie die mich empfangen haben? Als wäre ich der König von Timbuktu persönlich.«

Meine Neugier war geweckt.

»Weiter Herr Kröll, was haben die gesagt?«

»Na was schon? Erst habe ich sie zappeln lassen und nur etwas von Kackbraun als Fassadenfarbe erwähnt. Als die mehr wissen wollten, habe ich gesagt, dass ich ja von etwas leben müsse und da haben sie mir eintausend Euro auf den Tisch gelegt und es wäre meins, wenn ich Ihnen alles erzählte.«

»Und weiter?«

»Ja was denn? Ich habe denen das erzählt, was Sie mir gesagt haben und das ich jetzt eine Malerfirma gründen werde und den Auftrag von Dr. Umblicker so gut wie in der Tasche habe. Dann haben die sich bei mir bedankt und mir mit meiner Firma viel Glück gewünscht. Außerdem schicken sie mir ein Gratis-Exemplar vom Blitz-Kurier nach Hause.«

Einen Tag später.

Ich fiel um sechs Uhr aus dem Bett, rannte im Spurt ins Bad und von da aus zu Julio und seinem Kiosk. Der Blitzkurier erwartete mich mit der Schlagzeile auf der Titelseite in blutroten Farben:

Alle Wohnhäuser hier im Viertel sollen Kackbraun gestrichen werden! Schickt Dr. Umblicker seine Mieter nach Timbuktu?

Zwei Tage später.

Ich komme in mein Büro. Es ist frühmorgens an einem regengrauen Tag. Ich öffne meinen Briefkasten und es liegt neben den üblichen Werbeflyern ein Brief von der Wohnungsverwaltung drin.

Neugierig setzte ich mich an meinen Schreibtisch und ritzte den Umschlag mit meinem Kugelschreiber auf, nahm das eng beschriebene Blatt Papier heraus und las:

Lieber Herr Hausmeister Tino Pieper,

leider wurde unser Vorstandsvorsitzender Dr. Winnifried Umblicker von einem Whistleblower aus seinem grandiosen Team, verraten und verkauft. Da sich keiner freiwillig zu dieser frevelhaften Tat bekannte, wurde das gesamte Team entlassen.

Um einen eventuellen, höchstmöglichen Schaden für unser Unternehmen, Ihrem Arbeitgeber, zu vermeiden, hat Dr. Umblicker ein völlig neues Team zusammengestellt. Es ist ein wirklich brilliantes Team, an das wir außergewöhnliche Erwartungen stellen.

Dr. Umblicker und sein brilliantes Team möchten folgende Gegendarstellung zu lügenhaften Berichten und widerlichsten Behauptungen der hiesigen Pressemedien abgeben:

Es wurde niemals daran gedacht, die Häuser in dem von Ihnen betreuten Viertel mit der Fassadenfarbe Kackbraun zu versehen um unsere treuen, langjährigen und geliebten Mieter zu vergraulen.

Wo die sagenumwobene Stadt Timbuktu liegt, ist niemandem hier im Haus bekannt und somit wurden auch keine Reisen dorthin für irgendwelche Anstreicher, die von Leiharbeitsfirmen kommen sollten ausgelobt.

Wir, das heißt, Dr. Winnifried Umblicker und sein brillantes Team (nicht zu verwechseln, mit dem ehemals grandiosem Team), sind mit den jetzigen, wirtschaftlichen Gegebenheiten auf das Freudigste im Einklang.

Wir legen höchsten Wert auf nachhaltige Seriösität im Verhältnis zu unseren Mietern und würden niemals, ganz ehrlich niemals, auch nur einen einzigen von ihnen nach Timbuktu expedieren wollen, nur weil er angeblich eine zu kleine Miete bezahlt.

Nach Offenlegung und Durchsicht sämtlicher Vorstandsgehälter, sind wir zu der Einsicht gelangt,

das diese höchst angemessen erscheinen und kei-
ner Erhöhung bedürfen. Im Gegenteil, wir vom
Vorstand, vertreten durch Dr. Winnifried Umbli-
cker und sein brillantes Team sind geprägt von Be-
scheidenheit und Demut, was bedeutet, dass uns
das dreißig- bis fünfzigfache je nach Vorstandspo-
sition, Ihres Jahresgehaltes als Hausmeister völlig
genügt und wir zur Ernährung unserer Familien
keine Erhöhung unserer Bezüge benötigen. Es wird
hart werden, aber wir schaffen das mit eisernem
Willen gegen jeden inneren Widerstand.
Also Tino, lieber Junge. Es bleibt alles beim Alten
und wir verlassen uns auf Sie, wie auch Sie sich
von uns verlassen fühlen dürfen.
Glück auf!
Ihr Dr. Winnifried Umblicker und sein brillantes
Team

Ich legte den Brief beiseite, rieb mir die Schläfen
und sinnierte darüber nach, was ein unterbezahlter
Hausmeister und ein naiver, muskelprotzender Mö-

belpacker mit einer kleinen Indiskretion doch zum Guten wenden konnten. Meine Mieter waren gerettet und wussten nicht von wem. Von mir würden sie es nicht erfahren. Vielleicht vom Kröll? Immerhin verdankte er mir eintausend Euro.

Ein Saloon macht auf

Ein Ereignis von bahnbrechender Tragweite wurde in meinem Viertel mittels Handzettel, die in die Briefkästen geworfen worden waren angekündigt.

Liebe Bewohner hier im Viertel. Am Freitag, den 6. Juni um 18.00 Uhr eröffnet Kittys Saloon auf der Heinrichstraße 20 ihre Pforten. Zur Eröffnung sind alle herzlich eingeladen. Auf konventionelle Kleiderordnung wird verzichtet. Erscheint wie es euch beliebt. Das erste Getränk ist Gratis.
Ich freue mich auf euren Besuch. Kitty

Auch ich hatte die Mitteilung in meinem Briefkasten und wusste noch nicht, wie ich diese Neuigkeit, oder Attraktion einstufen sollte.

Der Tante Emma-Laden hatte zugemacht und anstelle von Kartoffeln und Windeln sollte es also jetzt Bier, Wein und Cola mit Schuss geben.

Ein offener Treffpunkt für die Menschen hier in meinem von mir betreuten Viertel konnte sicher nicht schaden.

Zur Zeit erfüllte Julios Kiosk diese Funktion, auch wenn der Italiener seine Launen und Eigenheiten hatte, an die man sich gewöhnen musste. Hier traf man sich zu einem Kaffee mit Plausch, kaufte seine Zeitungen, oder trank abends ein kühles Bier. So weit so gut.

Aber eine Kneipe war dann doch schon etwas anderes. Nun bin ich als Hausmeister hier im Viertel in einer verantwortlichen Position und darf mir nicht erlauben, in irgendeiner Form parteiisch zu sein. Von mir erwartet man sich Neutralität.

Schon aus diesem Grund war ein solcher Ort für mich zum Verkehren denkbar ungeeignet. Jeder würde versuchen, sich bei mir anzubiedern und für seine Interessen auf seine Seite zu ziehen. Ganz abgesehen davon, dass ich mit Klatsch und Tratsch aus dem Viertel nur so zugeschüttet würde.

Nein, definitiv kein Ort für mich; ich habe es gerne übersichtlich.

Heute am frühen Abend war es also soweit. Kittys Saloon sollte eröffnet werden und ich musste natürlich dort, sozusagen als offizieller Vertreter meines Arbeitgebers der Wohnungsbau & Vermietungsgesellschaft AG, erscheinen und zumindest einmal einen Antrittsbesuch machen.

Ich hatte noch zwei Stunden Zeit und überlegte was ich anziehen sollte. Ganz sicher würde Nora auch dort sein, sie würde keine Sekunde an den Gedanken verschwenden diesen Termin zu verpassen und ihre Kurven einer zugeneigten Beobachterschaft vorzuenthalten. Sie liebte es so sehr, mit ihrem Körper Blicke auf sich zu ziehen, dass es schon an Exhibitionismus grenzte und Männern Wünsche in die Lenden zauberte, die deren altgediente Ehefrauen mit keinem Negligé der Welt, in welcher Farbe auch immer erzeugen konnten.

Also war die Kleiderfrage schnell beantwortet, es sollte der blaue Anzug sein. Welcher auch sonst? Ich hatte ja nur den einen.

So gesehen stellte mich auch die Krawattenfrage vor keine großen Probleme, da ich auch hier nur eine besaß. Ebenfalls blau, allerdings ein helles. Dann noch ein weißes Hemd und die rotbraunen Schnürer und der Hausmeister war in Schale geschmissen.

Nora konnte kommen.

Ich machte mich auf den Weg. Das Wetter und die Temperatur mit dreiundzwanzig Grad waren moderat. Ich bog um die nächste Straßenecke und traute meinen Augen nicht.

Vor mir, mit einem Colt im Halfter an der Hüfte schaukelnd, tänzelte John Wayne mit dicker Wampe und O-beinig vor mir her.

Es wurde noch verrückter.

Auf der gegenüberliegenden Straßenseite schritt der Apachenhäuptling Winnetou mit ausladenden Schritten aus und wurde zweifelsohne von Torsten

Kröll, der im Privatleben Möbelpacker war, verkörpert.

Ich war mir ganz sicher, niemals zu seinen Lebzeiten und für kein Geld der Welt hätte sich Karl May mit Torsten Kröll als Winnetou-Darsteller abgefunden.

Die John Wayne-Karikatur vor mir machte da schon einen authentischeren Eindruck, wobei ich mich nicht daran erinnern konnte, ob der nun O-Beine hatte oder nicht. Egal, der Schmerbauch jedenfalls stimmte.

Ich neigte der Vermutung zu, dass hier irgendwo, vielleicht im Nachbarschaftsviertel ein Western gedreht wurde und die beiden Wildwestgestalten Jobs als Komparsen ergattert hatten. Für Kröll hoffte ich nur, das seine Rolle keinen Text hatte und er nur vom Felsen in den Tod fallen musste. Dieser Gedanke war mir dann schon wieder sympathisch und meine Schritte wurde beschwingter.

Hinter mir vernahm ich ein klack und noch ein klack. Dann wieder ein klack. Ich drehte mich um;

ein Pony mit einem Mexikaner obendrauf, wie man an dem Sombrero unschwer erkennen konnte.

Das musste ein sehr internationaler Western sein, der da gedreht werden sollte. Ein Amerikaner, ein Indianer und jetzt noch ein Mexikaner.

Mein Anzug wurde mir langsam irgendwie eng. Ich besah mir die Hausfassaden und stellte keine Veränderungen fest. Alles sah so aus, wie man es sich im einundzwanzigsten Jahrhundert so vorstellte. Wenig schöne aber zweckmäßig gebaute Wohnblöcke aus richtigem Beton.

Den Beton hatten zwar schon die Römer erfunden, aber bis in den Wilden Westen hatte sich das damals sicher noch nicht so richtig `rumgesprochen, wie ich aus den alten Filmen von John Ford und seinen Hollywood-Konsorten wusste.

Der Mexikaner hätte mich gerne überholt, aber sein Pony verfügte nicht über die richtigen Pferdestärken und trabte nur müde hinter mir her. Der Mexikaner fluchte, hatte zum Glück für sein Pony aber die Peitsche vergessen.

Bis zum Saloon waren es noch zwei Häuserblocks, als vor mir, aber noch hinter John Wayne aus der Seitenstraße ein kleiner Karren auf zwei Rädern auftauchte, der von einer Frau mit struppigen, zotteligen Haaren und salopp gekleidet mit einer schmutzigbraunen Kutte gezogen wurde.

Auf dem Karren, ich wollte bewusstlos werden, stand ein römischer Zenturio in perfekter Siegerpose, das Kurzschwert zum Himmel gestreckt, die Faust in die Hüfte gestemmt. Die Frau stöhnte vor Anstrengung.

Auch der Mexikaner hinter mir war baff und das Pony schnaubte verächtlich, es wollte sich mit der Frau ein Wettrennen liefern, das es aber nicht gewinnen konnte.

Der römische Zenturio hatte *seine* Peitsche nicht vergessen und drückte voll aufs Gaspedal. Der Mexikaner nahm es gelassen und drehte sich einen Joint, auch das Pony durfte mal ziehen.

Ich fühlte mich mit meinem Anzug fehl am Platz und eingekreist. Nur die Häuser um mich herum gaben mir die Sicherheit mich in der richtigen Zeit zu befinden.

»Tino! Hallo Tino so warte doch.«

Ich drehte mich um und hätte den dicken Anton Goldbach in einem Rollstuhl sitzend nicht erkannt, wäre mir seine Stimme nicht so vertraut gewesen.

»Darf ich dir meine Chauffeuse vorstellen Tino? Apanatschi alias Madlen.«

Madlen Jäckel, um korrekt zu sein. Das ist die mit den Oberschenkeln, wie sie nur Eisschnellläuferinnen haben können und deren Dichtung ich verarztet hatte, als mich der Ruf einer Räumungsklage erreichte, die ich schlichten musste.

»Hallo Herr Hausmeister«, hauchte sie, «ich habe Ihren Kaffee sehr, sehr lange warm gehalten. Vielleicht mal wieder Lust auf einen Frischen?«

»Immer gerne liebe Madlen, Sie sehen bezaubernd aus«, meine Knie wackelten verdächtig, «ich hoffe für Sie, Sie sind nicht auf der Suche nach Ihrem Winnetou. Ich fürchte, der Heutige wäre eine komplette Enttäuschung für Sie.«

Ich wandte mich Anton zu.

»Du bist auch ein Indianer Anton? Ziemlich viele Federn auf dem Haupt, mussten viele Hühner dran Glauben?«

»Na klar Tino. Erkennst du mich denn nicht? Sitting Bull bin ich; passt gut und ist bequem, ich brauche nicht aus meinem Rollstuhl aufzustehen. Nomen est Omen.« Er klatschte in seine fleischigen Hände.

Ich besah mir den Rollstuhl und ging in die Knie. Ich wollte unbedingt die Oberschenkel, samt Waden von Madlen Jäckel aus der Nähe sehen.

»Wie bist du denn von der Dritten `runtergekommen Anton?« Fragte ich scheinheilig um Zeit zu gewinnen und noch ein wenig länger die Form der Beine von Madlen genießen zu können.

»Och, Winnetou, ich meine natürlich Torsten, der Kröll braucht immer Kohle. Der Außenaufzug von damals, erinnerst du dich?«

Madlen Jäckel war clever und gewieft. Sie ließ ihr linkes Bein gerade und straff und winkelte das

Rechte um fünfundvierzig Grad an, dabei ging sie etwas mehr ins Hohlkreuz, als nötig gewesen wäre.

Atemberaubend!

»Hallo Herr Hausmeister, kommen Sie jetzt endlich hoch? Sie versteifen sich noch da unten auf den Knien«, Madlen Jäckel hatte sich während meiner Betrachtungen eine Zigarette angesteckt und ich hätte schwören können: Über mir stand der blonde Engel, trotz schwarzer Perücke.

Natürlich hätte Karl May der Apanatschi keinen Zylinder auf den Kopf verpasst und in schwarze Nylons gepackt und geraucht hat sie, glaube ich auch nicht. Sicher war nur, Madlen war keine monogame, indianische Jungfrau und als Marlene Dietrich wäre sie auch im falschen Film gewesen.

Sitting Bull auf Rädern räusperte sich.

»Was machst du denn mit dem blauen Anzug hier, Tino? Deine Kommunion ist doch schon vor ein paar Jahren gelaufen oder?«

Madlen wollte ebenfalls etwas sagen, wurde aber durch ein infernalisches Geschrei gestoppt.

Eine Horde Hunnen, mindestens sechs, die mit Flitzebögen kleine Pfeile in den Himmel schossen, stürmte an uns vorbei. Dahinter folgte ein Siegfried, wie er Strahlender nicht sein konnte mit einer Frau an der Hand. die als Drache verkleidet war. Ganz sicher seine Ehefrau im wahren Leben.

Ich war sprachlos. Was ging hier vor? Mein Anzug kniff mich tiefer.

»Sag mal Anton, hat dieser ganze Irrsinn etwas mit der Kneipeneröffnung zu tun?«

»Aber natürlich Tino. Hast du nicht gelesen? Auf konventionelle Kleiderordnung wird heute Abend verzichtet.«

»Aha«, kam mir die Erkenntnis in den Kopf: Jeder fühlte sich also dazu aufgerufen, so zu erscheinen als der er sich insgeheim wünschte zu sein.

Ob die karrenziehende Frau des Zenturio sich wirklich als Zugpferd ihres Mannes sah? Den Drachen neben Siegfried konnte ich schon eher nachvollziehen, Jung-Siegfried könnte ja nach ein paar Bierchen durchaus an einem weiblichen

Zugpferd gefallen finden. Aber da sei der Drache vor.

Sitting Bull alias Anton, Apanachi alias Madlen und der Konfirmand alias ich, kamen endlich bei Kittys Saloon an. Die Party war schon voll im Gange und ich war schon gespannt darauf, endlich Kitty, die Saloonbetreiberin kennenzulernen.

Das Rudel Hunnen hatte sich den größten Tisch im Saloon einverleibt und schick mit ein paar Flaschen Wodka dekoriert.

Winnetou und John Wayne standen am Tresen und würdigten den Zenturio und sein Zugpferd keines Blickes. Frauen, auch wenn sie als Zugpferde verkleidet waren, hatten ihrer Ansicht nach in einem richtigen Westernsaloon nichts verloren. Damen des leichten Gewerbes waren von ihrem Vorurteil selbstverständlich ausgenommen. Auch die Hunnen wollten sie nicht beanstanden, schließlich waren ja auch Chinesen, Italiener und wer weiß was noch für`n Gesocks in den Wilden Westen eingewandert.

Gerade hatten sich meine Indianerfreunde und ich uns an einen runden Tisch gesetzt, als ein Feuerstrahl, gefolgt von einem scharfen Geruch nach Spiritus in den Saloon donnerte.

Der Drachen stand schwanzwedelnd und grimmig um sich blickend in der Schwingtür.

Aus seinen Nasenlöchern kräuselte Rauch nach oben.

Der Kostümverleih hatte ganze Arbeit geleistet.

Das Augenpaar, das nichts Menschliches mehr an sich hatte, scannte das Innenleben im Saloon nach ruchbaren und nahbaren Bardamen, die Siegfried womöglich an den Lendenschurz wollten ab.

Der wiederum stieg dem Drachen kurz und kräftig auf den Schwanz, um zu zeigen, wer der Herr, der wahre Held Ante Portas war und trat mit einem unwiderstehlichen Siegerlächeln ein. Als Zeichen seines sagenumwobenen Heldenstatus legte er die rechte Hand lässig auf den Knauf seines Schwertes, welches aus gehärtetem Kunststoff gefertigt war.

Der Zenturio, der nicht genau wusste, wer von beiden als Erster die Weltenbühne betreten hatte, in Siegfried aber sofort einen feindlichen Germanen vermutete, gab seinem Zugpferd mit einem Wink zu verstehen, den kleinen Karren, den er für einen Streitwagen hielt, für alle Fälle schon einmal in Gefechtsbereitschaft zu versetzen.

Siegfried schritt unterdessen, sich seiner Selbst bewusst, zum Tresen und bestellte einen Humpen Met und bekam ein Glas Wasser und ein Papiertütchen mit der Aufschrift: Met-Konzentrat, vorgesetzt. Sein Drachen flüsterte ihm ins Ohr, er soll sich zusammenreißen und nicht zu schnell trinken, schließlich wusste jeder das Met ganz schön auf die Leber ging und sie wolle ihn am nächsten Morgen nicht jammern hören.

Die Horde Hunnen hatte zwischenzeitlich eine wilde Tischparty steigen lassen und orderte neuen Wodka nach, als plötzlich und vollkommen unerwartet ein tarä, tarä aus gut versteckten Lautsprechern erklang.

119

Eine kleine Bühne aus Holzbrettern gefertigt, wurde flugs von zwei Liliputanern, seitlich des Tresens aufgestellt und eine arg ramponierte, oder in die Jahre gekommene Amazone sprang, mit einem handlichen Akkordeon bewaffnet auf die Bretter einer vergangenen Epoche und sang:

»Auf der Reeperbahn nachts um halb eins,

Ob du ein Mädel hast oder auch keins ...«

Die greifbare Stille während ihres Vortrags ließ sie erahnen, dass sie sich irgendwie im Ton oder Lied oder beidem vergriffen hatte und lächelte ihren Fauxpas schüchtern weg um sofort ein neues Lied anzustimmen:

»Theater, Theater der Vorhang geht auf,

Theater, Theater ...«

Die Stille rührte sich nicht, sie blieb still.

Da sprang John Wayne auf die Bühne und fragte mit ungeheuerem Charme, »bist du die Kitty?«

»Ja.«

»Dann liebe Kitty pass jetzt einmal auf. Für einen richtigen Wild West-Saloon kommt natürlich nur

Country Musik infrage und zufälligerweise bin ich ein großer Fan von John Denver.«

Applaus brandete ihm aus der Menge vor ihm entgegen, wobei sich besonders die Hunnen hervortaten, die genau genommen von John Denver niemals etwas gehört haben konnten, genauso wie Siegfried, der Zenturio und alle anderen.

Nur der Hausmeister konnte, im geschichtlichen Kontext betrachtet, die Klassiker von diesem Country Sänger kennen, denn er trug ja einen blauen Konfirmantenanzug.

Alle anderen waren einfach in der falschen Zeit gelandet, weil viel zu früh geboren oder schon ausgerottet.

Doch das störte John Wayne nicht und er schmetterte unter lautem Beifall los:

»Country Road Take Me Home ...«

Die Liliputaner, die getarnte Animateure waren, legten flott einen Schuhplattler hin, da sie nichts anderes konnten. Kitty, jetzt beschwingt konnte nur Can Can und hob immerzu ihr Röckchen, da sie den Liliputanern beim Schuhplatteln nicht folgen konnte.

Winnetou alias Torsten Kröll erinnerte sich an seine Zeit als Heavy-Rocker und schwang wie wild seinen Kopf im Kreis und auch schon mal von vorn nach hinten, was seine schwarzen, glatten Perückenhaare ekstatisch durcheinander wirbelte, so dass sie Knoten bekamen und zu Dreadlocks wurden. Die vernichteten den seriösen Eindruck, den er als Winnetou unbedingt vermitteln wollte.

Schon packte Madlen mich an den Revers meines Anzuges, steckte sich die Spitze meiner Krawatte zwischen die Zähne und probierte einen Tango mit mir, den ich aber mangels tänzerischen Talentes mit Tritten gegen ihr Schienbein uncharmant und unkonventionell interpretierte.

Die Hunnen, mittlerweile besoffen vom Wodka und angesteckt von der um sich greifenden Fröhlichkeit zertrümmerten enthusiasmiert und rhythmisch zum dargebotenen Gesang, ihren Tisch und wollten sich schon der anderen Tische annehmen als eine plötzliche, von ihrer Natur her nicht genau einzuordnende Stille eintrat.

Nora!

Alle Blicke richteten sich auf sie. Dem Kröll fiel das Bierglas aus der Hand. Siegfried leckte sich die Lippen und streichelte sein Schwrt.

John Wayne zog seinen Schmerbauch ein und bekam vor Anstrengung einen roten Kopf. Der Zenturio salutierte militärisch korrekt und von den besoffenen Hunnen wollte jetzt jeder König Etzel sein und sie entweihten die Stille mit einer wüsten Schlägerei um den vakanten Spitzenposten.

Den Kröll ließ Nora links liegen. Mich auch, da meine Krawatte noch zwischen Madlens Zähnen klemmte. Schnurstracks ging sie auf die improvisierte Bühne zu, wo sie sofort von den beiden Liliputanern, die ein Gespür für wirkliche Weltstars hatten, flankiert wurde.

Die abgehalfterte Kitty, die als Wirtin und Geschäftsfrau, sofort das magnetisierende Potenzial in Nora erkannte, überließ ihr die Bretter, im sicheren

Gefühl eines erfreulichen Umsatzes und kostenloser Werbung für ihr neues Etablissement.

Nora, im feschen Bardamenlook kümmerte sich nicht um die um sich hauenden Hunnen und begann sofort ihr Stück vorzutragen:

»Ich bin die fesche Nora ...«

Dazu schwang sie ihre Beine, schmiegte sich in' den Hüften und wackelte so mit ihrem Popo, dass alle anwesenden Männer die verheiratet waren, den lieben Gott für sich entdeckten und um einen gnädigen oder aber bestechlichen Scheidungsrichter beteten.

Nicht alle Männer.

Nicht alle Männer waren unglücklich verheiratet.

Ich war ja ledig.

Torsten Kröll war geschieden.

Und Nora war frei und noch zu haben.

Aber nicht für Torsten Kröll, dem hatte sie ja beizeiten den Laufpass gegeben. Daher war er der Erste, der auf die Bretter ging und Nora anflehte, zu ihm zurückzukehren. Er wollte sogar mehr

Überstunden machen um sie häufiger zum Italiener ausführen zu können und anstatt in die Mukibude zu tänzeln, versprach er ihr Selbsterfahrungskurse in der Volkshochschule zu belegen.

Doch nichts half dem Kröll, der war bei Nora unten durch und ich freute mich ungemein und zerrte Madlen mit Kraft und Zug meine Krawatte aus ihren Zähnen um für Nora frei zu sein.

Alles lief ausgesprochen prima für mich.

Die Hunnen lagen zerschlagen auf und unter dem kaputten Tisch und hatten es nicht geschafft, einen König Etzel unter sich auszuprügeln..

Der Drache hatte Siegfrieds verwundbare Stelle erkannt und ihn mit zwei gezielten Leberhaken niedergestreckt.

Das Zugpferd hatte sich an die besten Zeiten von Alice Schwarzer erinnert und ihrem Zenturio mit ein, zwei deftigen Ohrfeigen schnell klargemacht, wer die Frau im Haus war.

Apanatschi, jetzt mit freiem Gebiss entdeckte ihre Mitleidenschaft für abgewiesene Männer und nahm sich des weinenden Winnetou an, was auch prima passte.

Er hatte die Muckis in den Armen und sie in den Beinen, obschon sie niemals Eisschnellläuferin gewesen war. Aber was wusste ein Möbelpacker schon von diesem ästhetischen Wintersport?

Kurz, meine Konkurrenten um Nora waren allesamt weg vom Fenster und die Bahn war frei für mich.

Kitty die Wirtin war zwar doof, aber nicht auf den Kopf gefallen und erkannte meine Misere mit einem gezielten Blick auf meine zerbissene Krawatte und lieh mir ihr violettes Halstuch, was mit dem Blau meines Anzuges farblich durchaus korrespondierte.

Ich war bereit, mental wie modisch auf der Höhe.

Ein dunkles Brummen kam drohend heran, die Luft presste sich beim Näherkommen unerträglich eng zusammen und es wurde schwül im Saloon.

Ich muss Ihnen an dieser Stelle, als ehemaliger, wenn auch abgebrochener Maschinenbaustudent jetzt etwas über ein physikalisches Phänomen erzählen, was man die Rot-Blau-Verschiebung nennt. Ich mache es einfach. Versprochen!

Wenn beispielsweise ein Krankenwagen mit eingeschaltetem Martinshorn aus einiger Entfernung auf sie zurast, ist der Ton anfangs sehr dunkel und wird beim Näherkommen immer heller.

Das kommt daher, dass der Schall des Martinshorns die Luft bei der kontinuierlichen Annäherung an Ihre Position immer enger zusammendrückt.

Das ist auch bei Porschemotoren nicht anders, sie unterliegen natürlich ebenfalls diesem physikalischen Gesetz, auch wenn Porsches gleichgültig welche Lackfarbe sie haben, für Krankentransporte wenig geeignet erscheinen mögen.

Mein neues Halstuch tränkte sich mit Angstschweiß und wurde fast schwarz. Die Flügeltüren des Saloon flogen auf. Ich starrte Nora oben auf ihrer Bühne an. Nora starrte über meine Schulter hinweg an mir vorbei.

Ich drehte mich, wie in Zeitlupe um und sah in ein strahlend weißes, perfektes Gebiss.

Nora, jetzt hinter mir rief, «Dr. Dentist Mühlstein. Sie haben es doch noch geschafft?«

Da stand er, der strahlende Held, lässig seinen Porscheschlüssel in der Hand drehend vor mir, ganz in Weiß. Roy Black hätte seine Freude gehabt.

»Aber meine liebe Nora, lass doch bitte den Doktor weg. Heute Abend bin ich der Wolfgang für dich, Freunde sagen auch Wölfi zu mir.«

Nora kam von hinten, überrannte mich fast und fiel Wölfi um den Hals.

Zeit für mich, zu gehen.

Sitting Bull alias Anton sah mich mit einem Blick an, den ich nicht erwidern wollte.

Auf der Straße draußen gab es jetzt frischen Wind, der meine Wangen kühlte. Tja, da war es wieder, das alte Problem. Zahnärzte und ihre Porsches. Keine Chance für einen Hausmeister.

Doch was war das? Ein kleines Plakat an einen Baum genagelt:

Aufgepasste: Nächste Samstag steige bella Mafio-si-Party im Kioske bei Julio. Keine Ordnunge für Kleider. Abe komme keiner als Pate. Pate, schon besetzte. Iche Pate, un Kaffee nixe umsonst.. Julio.

Marie ist weg!

Es war kein schöner Tag. Dieser Freitag ärgerte mit anhaltendem Nieselregen und gelegentlichen, heftigen Windböen, die den weltgewandten Managern der Regenschirmindustrie in China, Indien und da wo sonst noch garantieschändende Billigheimer-Produkte so hergestellt werden, hübsche und steigende Umsatzzahlen in die Augen zauberten.

Es schien mir, dass selbst die Problematischsten unter der mir anvertrauten Mieterschaft Mitleid mit mir hatten und mich nicht durch die Regennässe zu sich rufen wollten und nach eigenen Rohrzangen oder Hämmern in ihren Werkzeugkisten suchten, um kleine Reparaturen selber durchzuführen um mich für spätere, anspruchsvollere Reparaturen zu schonen.

So saß ich bis in den späten Nachmittag hinein in meinem kleinen Achtzigerjahre Büro und passte meine paar Sinne trübe dem meteorologischen Geschehen vor meinem Fenster an. Nora hatte jetzt ihren Zahnarzt eingetütet und fuhr jetzt mit ihm im Porsche, der garantiert getunt war spazieren und ließ sich von ihm zum teuren Italiener ausführen.

Auch als ich meine Gedanken zu Layla der Polizistin schweifen ließ, wurde meine Gemütslage nicht enttrübt, da ich schon seit einiger Zeit nichts mehr von ihr gehört hatte und ich mich nicht traute einen Kontakt ohne handfesten Grund zu ihr herzustellen, um nicht aufdringlich oder gar lästig zu wirken.

So zog der Vormittag vor meinem Bürofenster grau in grau vorüber und machte sich, wie auch der frühe Nachmittag dahin und versetzte mich in ein unruhiges dösen, halb wach und nicht ganz im Schlaf. Mein Diensthandy brummte in meiner Hosentasche und versetzte mir einen Schrecken, der mich in meinem Stuhl hochfahren ließ.

»Hausmeister Tino Pieper am Apparat.«

Eine aufgeregte Stimme.

Agata, die junge Polin und Mutter von Maria.

»Tino, du musst uns helfen, Marie ist weg, einfach verschwunden und wir wissen nicht, wo wir noch nach ihr suchen sollten ...«

Marie ist die Chihuahua-Hündin, die wir für Maria aus einem Hundeheim freigekauft hatten, als die Hausratte Peperoni auf mysteriöse Weise ihr Leben ließ und Agata und ich, Maria vor weiterem seelischen Schaden bewahren wollten.

Als Hausmeister mit detektivischen Ambitionen durfte ich selbstredend die psychologischen Aspekte eines solchen Hilferufes nicht unterschätzen oder abtun und musste beide Begabungen, den Detektiv und den Psychologen in mir gleichermaßen in die Problembehandlung einbringen.

»Der Reihe nach Agata. Wo wurde Marie zuletzt gesehen und wie geht es Maria jetzt? Ist sie sehr aufgeregt, oder konntest du sie beruhigen?«

Fragen stellen, idealerweise noch die Richtigen, kann ein enorm wichtiges Element sein, wenn es darum geht überbordende Aufgewühltheit verbunden mit größter Sorge, in ruhigeres Fahrwasser umzuleiten.

Daher verwunderte es mich auch nicht dass Agata sich jetzt konzentrierte und überlegte, wo und wann Marie, das kleine Hundeweibchen zuletzt gesehen worden war.

»Also es muss so um drei Uhr heute Nachmittag gewesen sein, als ich Petra bat, mit Marie Gassi zu gehen. Maria ist noch zu klein und ich möchte es ihr noch nicht zumuten, mit dem Hund rauszugehen und auch noch die größeren Geschäfte mit einer Plastiktüte aufzusammeln und in einen Mülleimer zu werfen. Es gibt schon genug Hundehasser in der Gegend und ich möchte denen keinesfalls noch Kanonenfutter liefern.«

Da ist schon was wahres dran; wer will schon in einen Hundehaufen treten und den Dreck anschließend auf seinem Gaspedal oder in seiner Wohnung haben? Einen notorischen Hundehasser könnte so was als Initialzündung für ein kleines Hundemassaker dienen, was dem Ordnungsamt gleich zwei Probleme auf den Schreibtisch in der Amtsstube legen würde.

Zum Einen müssten sie den Verantwortlichen für das Hundegemetzel ausfindig machen, was zusätzliche personelle Ressourcen erfordern würde und zum anderen auf die entgangenen Einnahmen aus der geliebten Hundesteuer verzichten, wenn es sich denn um einen Serientäter, mit wachsendem Erfolg beim Kötermorden handelte.

»Petra? Ist das die Petra Gerlach, die über dir im Haus wohnt?«

Nun sind ja die als erstes einer Missetat verdächtig, die den Vermissten oder den Ermordeten zuletzt gesehen haben. Auch sind Verwandte und Bekannte, kriminalistisch betrachtet, immer ganz oben auf der Liste der dringend Verdächtigen anzusiedeln. Demzufolge konzentriert sich ein guter Detektiv zu Anfang und zuallererst immer erst auf das nähere Umfeld eines möglichen Opfers.

Mein Pech nur, das ich Marie nicht als Opfer identifizieren konnte, da sie ja augenscheinlich entlaufen war und somit diese Petra nicht als Täterin für irgendwas in Frage kam, sondern lediglich ihrer Aufsichtspflicht nicht vereinbarungsgemäß nachgekommen war.

»Nein Tino, mit der hab` ich Krach wegen Costa, dem hübschen Griechen mit den schwarzen Locken, der dem jungen Costa Cordalis so ähnlich sieht und auch so gut wie der tanzen kann. Nein es ist Petra Kunckel von gegenüber, die mit Marie Gassi gegangen ist und die hat mit dem Costa nichts am Hut, die steht nicht mehr auf Ausländer, nachdem sie der PdP beigetreten ist, hat sie gesagt.«

Dieser, von Agata vorgetragene Redeschwall warf für mich gleich mehrere Fragen auf, denen ich nachgehen musste um das Schicksal der kleinen Marie zu eruieren. Wer ist Petra Kunckel, was ist die PdP und was genau ist zwischen Petra Gerlach und Agata vorgefallen? Und vor allem, was hatte diese ganze unüberschaubare Gemengelage mit Maries verschwinden zu tun? Ist die Hündin wirklich nur entlaufen, oder steckte mehr dahinter, als man vordergründig vermuten würde?

»Sag mal Agata, was ist den die PdP?«

»Na, die Partei der Patrioten oder so ähnlich. Jedenfalls sind die nicht so gut auf Ausländer zu sprechen. Hast du noch nichts von denen gehört? Die tagen immer freitagabends nach Feierabend bei Kitty im Saloon.«

„Aha ...«

Ich persönlich bin nur einmal, und zwar zur Eröffnung in Kittys Saloon gewesen. Seitdem habe ich den gemieden, nach dem all die Selbstdarsteller und Möchtegerne in ihren verrückten Verkleidungen dort aufgelaufen waren und Noras Zahnarzt höchstpersönlich sie mit seinem röhrenden Porsche von dort abgeholt hatte.

Nein, diesen Laden würde ich nur mit einem wirklich triftigen Grund und dann auch höchst ungern, wieder betreten wollen. Einen solchen Grund sah ich jetzt auf mich zukommen, denn was das für eine Partei war und welche Ziele sie verfolgte, schien mir doch von gewissem Interesse für meine Nachforschungen zu sein.

»Gut Agata, heute ist Freitag und ich werde mir diese Partei in Kittys Saloon einmal ansehen und da werde ich dann sicher auch diese Petra Kunkel antreffen und kann sie genauer nach Marie befragen.«

Ich hatte meine Hausmeisterkluft bewusst angelassen, als ich Kittys Saloon am späten Nachmittag betrat, schließlich war ich in offizieller Mission unterwegs. Gegenüber der Theke waren Tische zusammengeschoben und mit zwölf Personen, die hitzig diskutierten besetzt.

An einem Kopfende, ganz wie ein Patriarch saß, ich wollte es nicht glauben, Torsten Kröll, der Möbelpacker. In der Mitte der Tische stand ein Art Vereinswimpel mit der Aufschrift: *PdP - Partei der Patrioten - unser Land gehört uns.*

Ich setzte mich auf einen Barhocker an die Theke, bestellte mir ein Bier und verhielt mich ganz unauffällig.

»'nabend Herr Hausmeister, was für ein seltener Besuch.«

Kitty fixierte mich mit stechenden, hellblauen Augen, stellte mir mein Bier hin und kokettierte mit ihrem großen Busen, der nur mühsam im geblümten Stoff ihres roten Oberteils Platz fand.

»Auch einen guten Abend Kitty, ich dachte mir, man muss ja auch mal raus aus den eigenen vier Wänden. Schließlich bin ich Junggeselle und mich erwartet Zuhause niemand. Ein schönes Lokal haben Sie hier, sehr geschmackvoll eingerichtet.« Log ich.

Ein bisschen Süßholzraspeln schadet nicht und ich wollte so unauffällig wie nur möglich bleiben, damit die Gruppe der Patrioten ganz ungeniert weiterredete und ich so vielleicht schon mal an ein paar Informationen kam, die für mich hilfreich und weiterführend waren.

»Nun liebe Freunde, immer öfter stelle ich fest, dass mir in unserem Viertel immer mehr Ausländer begegnen. Ich fühle mich mittlerweile in meiner

138

Heimat als Deutscher in der Minderheit. Wem geht es genauso? Bitte die Hand heben.«

Wer da so inbrünstig sprach, war der Möbelpacker Torsten Kröll.

Elf Hände schossen augenblicklich und entschlossen in die Höhe. Kröll nickte und lächelte selbstgefällig.

»Ich freue mich, dass ich mit meiner Wahrnehmung nicht alleine stehe und euch so aus dem Herzen sprechen konnte. Wie ihr seht, habt ihr den Richtigen zu eurem Vorsitzenden gewählt. Ja bitte Petra?«

Die blond gelockte mit den schiefen Schneidezähnen, dem fliehenden Kinn und der kurzen, geröteten Nase musste Petra Kunckel und nebenbei eine Meinungsführerin der Partei sein.

»Genau lieber Torsten, ich spreche aus, was alle am Tisch hier denken: Unsere Heimat gehört uns und nicht dem dahergelaufenen Pack von irgendwo. Die sind doch allesamt steuerbefreit und verjubeln ihre Stütze die die vom Amt kassieren, machen Kinder ohne Ende um noch an mehr Geld zu kommen. Und wer bezahlt das alles?«

Eine schwarz Gefärbte, wie man am grauen Haaransatz sehen konnte und deren Kleid gerade aus einem Altkleidersack gesprungen schien, klatschte in die Hände.

»Genau Petra. Ich habe noch die Zeiten mitgemacht, als ein paar kleine Italiener mit Zügen in unser schönes Heimatland einfielen. Mit denen konnten wir ja noch leben, schließlich brauchte die Müllabfuhr dringend Arbeiter und die Kohle musste ja auch hochgehievt werden. Danach kamen die Türken und auch die waren schön billig. Aber wer uns da jetzt alles überfällt. Sogar aus Afrika kommen die zu uns, um schön Kindergeld abzukassieren. Woher haben die eigentlich das Geld für die weite Reise. Ich sage: Schluss damit und die die schon hier sind, alle wieder zurück nach Timbuktu oder in die blauen Berge.«

Meinen Ohren fiel auf, das dass Klatschen von einem dutzend Hände ganz schön laut sein konnte.

Und es wurde noch lauter applaudiert, als Kröll rief, »bring mal `ne Runde Korn Kitty«, was mit zusätzlichen Jubelrufen gefeiert wurde.

Nachdem noch drei oder vier Runden Korn geschmissen wurden, meldete sich ein Peter zu Wort, der mir bekannt vorkam, den ich aber keinem Nachnamen und keiner Adresse zuordnen konnte und dem der viele Schnaps schon seine Wirkung aufgezwungen hatte, wie man hören konnte.

»Also jetzt mal Tacheles Freunde, immer nur Rumgerede bringt doch nix. Was wir brauchen, sind Taten. Jawohl, Taten brauchen wir sage ich.«

Donnernder Applaus!

Die blonde Mollige ihm gegenübersitzend haute mit flachen Händen vehement auf den Tisch, dass dem Peter sein noch halbvolles Kornglas umkippte, was er mit bedauerndem Dackelblick registrierte.

»Der Peter hat recht. Wir müssen eine wirkungsvolle Strategie ersinnen, um dieses Balkanvolk wieder zurück nach Italien zu bugsieren.«

141

»Meintest du nicht nach Rumänien oder Bulgarien?«, kam es ihr sonor von Links.

»Ist mir doch egal, meinetwegen nach Spanien, Hauptsache zurück in den Balkan.«

»Aber der Balkan, liebe Karin liegt von hier aus gesehen im Osten, nicht im Süden«, gab der sonor klingende nicht auf.

Karin drehte sich mit einer Bewegung so schnell und anmutig zu ihrem Sitznachbarn um, dass dieser der heranfliegenden Faust, die auf seine Nase zielte, nicht auszuweichen vermochte. Die Nase hatte Glück, das sie kein Nasenbein mehr besaß.

»Da hast du es Rüdiger. Du mit deiner Klugscheißerei. Noch ein Wort und ich ziel auf deine anderen Weichteile, verstanden?«

Torsten Kröll erhob sich von seinem Stuhl.

»Darauf trinken wir noch einen Karin. Schlagkraft. Ja Schlagkraft ist das, was wir jetzt brauchen. Hat jemand eine schlagkräftige Idee?«

Alle, außer Rüdiger, der das Blut von seinem Hemd tupfte, sahen sich ratlos an. Die eingetretene

142

Stille wirkte unwirklich. Doch Kitty rettete die Situation. Sie eilte mit einem Tablett Korn herbei.

Torsten Kröll hob sein Glas.

»Prost liebe Genossen und Genossinnen der Partei der Patrioten. Ich will euch sagen ...«

»Moment Torsten, nur die Linken nennen sich Genossen. Ich will aber kein Linker sein.«

»Du kannst einem aber auch richtig auf die Nerven gehen Rüdiger. Reicht dir die dicke Nase nicht oder willst du mit mir vor die Tür? Kannst du haben du Klugscheißer, kannst du sofort haben.«

Torsten Kröll war so außer sich, dass er sofort sein Glas ansetzte und den Fusel auf ex, in einem Zug herunter kippte.

»Nun ja«, mischte sich Petra Kunckel ein, »so ganz unrecht hat der Rüdiger ja nicht damit Torsten ...«

Karin, die dralle Blonde wurde Rot im Gesicht, wie ein Pavianhintern. Ob vom Fusel oder vor Erregung war nicht so genau zu sagen. Doch als sie losschrie, tippte ich auf beides, als Hausmeister hat man so seine Erfahrungen gemacht.

»Du Schlampe du. Wie kannst du dem Torsten so in den Rücken fallen. Der ist doch unser Vorsitzender. Jawohl, Torsten ist unser Chef. Der Chef bestimmt wo es langgeht.«

»Du nennst mich eine Schlampe? Du bist doch nur geil auf den Torsten, aber den kriegst du nicht. Du nicht!«, Petra war nicht mehr zu halten und stand schon mit dem linken Fuß auf dem Tisch, als der lange Absatz ihres Stöckelschuhs abbrach, sie dadurch ins Straucheln geriet und krachend unter den Tisch knallte.

Peter rette mit einem sagenhaften Reflex, der ihn zum Torhüter von Real Madrid hätte befördern können, Petras noch volles Schnapsglas vor dem Umkippen und tauschte es so geschwind gegen sein eigenes leeres aus, das auch eine Karriere als Hütchenspieler für ihn drin gewesen wäre.

Kitty war als Wirtin wirklich sensationell, so wie sie die Situation antizipierte und reagierte, musste sie auf einem Manager-Grundkurs eingetrichtert bekommen haben. Sofort und ohne zu zögern, füllte sie dreizehn Gläser mit Wodka, eilte mit dem vollen Tablett zum Titanic-Tisch, nahm ein Glas für sich und rief:

»Dann saufen wir den Genossen eben den Wodka weg. Scheißgenossen. Kippt weg das Zeug.«

Kitty hatte sie wieder eingefangen und auf Spur gebracht. Im Vorbeigehen schrieb sie bei Torsten neununddreißig Euro auf den Deckel. Der merkte nichts davon, mit dem Kopf im Nacken beim Kippen.

Kitty war in ihrem Herzen eine faire Person, die Unrecht nicht so leicht durchgehen ließ. Bei ihr hatte jeder zu zahlen.

Und so brachte sie noch weitere elf runden Wodka an den Mann und die Frau. Die Stimmung an diesem Parteitag war prächtig und niemand störte sich daran, als Kitty zur Feier des Abends *die Internationale* spielte, worauf sich eine lustige Polonaise bildete, Torsten Kröll ging, mit Karins Händen auf den Hüften und ganz nah am Po lautgrölend voran.

Kitty hatte schnell ein paar Luftschlangen und kleine Tröten spendiert, was der Parteiversammlung den letzten Schliff verlieh. Sie wollte sich von Torsten demnächst eine Spendenquittung dafür ausstellen lassen und die als Parteispende von der Steuer absetzen.

Ich dachte an Marie, den kleinen Hund. Wo sie nur sein könnte? Hatte sie sich verlaufen? Litt sie Hunger oder Durst?

Petra Kunckel, der Marie entlaufen war, brauchte ich nicht anzusprechen, die hatte die schmerzende Nase von Rüdiger mit kleinen, wodkafeuchten Küssen geheilt und spielte nun mit ihm *die Reise nach Jerusalem* mit nur einem Stuhl. Sie landete dabei immer wieder rückwärts und breitbeinig auf dem Boden und Rüdiger, ob mit Absicht oder nur, weil auch er besoffen war, meistens zwischen ihren Beinen oben auf sie drauf.

Nun ich hatte von dieser Parteiversammlung genug gesehen und Marie konnte ich hier nicht finden. Also zahlte ich und ging nach Hause.

Ich saß gerade bequem in meinem Sessel, als mein Telefon, der Festapparat klingelte.

»Tino Pieper hier.« Zu mehr Worten war ich jetzt zu müde.

»Ich bin es, Agata. Du stell dir vor, Marie hat ganz alleine zu uns nach Hause gefunden. Maria und ich freuen uns ja so. Sie liegt jetzt ganz erschöpft in ihrem Körbchen und schläft.«

Agata klang ganz euphorisch und mir war es recht so. Eine Sorge weniger.

»Das höre ich gerne Agata. Bis morgen«, ich wollte auflegen, doch Agata kam mir dazwischen.

»Tino? Du hörst dich so frustriert an. Alles in Ordnung bei dir?«

»Ich weiß nicht recht. Heute Abend, bei der Suche nach Marie, bin ich auf etwas gestoßen, was mir einige Sorge bereitet. Ich weiß nicht, wie ich das einordnen, wie ich damit umgehen soll. Ich könnte darüber hinwegsehen, aber es erscheint mir ernst.«

Das waren wirklich meine Gedanken. Sollte sich hier aus meinem Viertel eine braune, faschistische

Gesinnung aufmachen, von einer zwölfköpfigen, besoffenen Parteiversammlung verbreitet?

Würden die, die sich von der Gesellschaft vergessen und zurückgelassen fühlten, aufstehen und die Anderen, Vernünftigen, generalverantwortlich für das eigene Versagen machen wollen? Würden Sie einem neuen Rattenfänger folgen?

Immerhin, Torsten Kröll war zwar der Parteivorsitzende der PdP, der Partei der Patrioten, aber als Anführer größerer Gruppen intellektuell vollkommen ungeeignet.

Doch es könnte ja ein anderer kommen, der dazu in der Lage wäre und dann käme es sehr schwer, einer sich ausbreitenden, faschistischen und braunen Wellenbewegung wirkungsvoll zu begegnen.

Die von heute Abend waren nur ein paar unterbelichtete, die sich einmal wichtig tun wollten und im kollektiven Besäufnis endeten und morgen früh mit einem Kater im Kopf und einem Filmriss aufwachen würden. Ein neuer brauner Flächenbrand, war niemals auszuschließen.

Die Verkäufer

Mittwochmorgen 7.30 Uhr. Ich war etwas spät dran heute, für einen Hausmeister.

Die Sonne war schon da und es versprach, ein heißer Tag zu werden. Vielleicht genauso heiß wie gestern und wie die Tage davor.

Alle hier in dem von mir betreutem Viertel litten und ächzten unter dieser drückenden Trockenheit und das war auch der Grund dafür, dass ich heute Morgen etwas spät dran war, ich konnte einfach nicht rechtzeitig genug einschlafen.

Ich wollte diesen Tag mit einer erfrischenden Dusche beginnen und begab mich ins Bad.

Als ich das kalte Wasser anstellte, tröpfelte es mir von oben nur müde entgegen. Ich drehte am Knauf für das heiße Wasser, aber auch da tat sich nicht viel. Ich drehte mich zum Waschbecken um, aber auch hier, nichts! Kein Wasser.

Ich griff zum Handy und rief Anton Goldbach, meinen dicken Freund der seine Wohnung in der Dritten wegen Fettleibigkeit nicht mehr verlassen konnte, an.

»Gut das du anrufst Tino. Ich habe kein Wasser. Nirgendwo, nicht im Bad, nicht in der Küche, nirgendwo und heute soll es wieder drückend heiß werden.«

Anton redete so aufgeregt und schnell, dass er nach Luft japste.

»Deswegen rufe ich dich ja an Anton. Bei mir ist es dasselbe. Mach dir keine Sorgen, ich rufe gleich den Installateur an, dass er sich kümmert. Bis später ...«

Ich legte auf und suchte die Nummer von Hanselmann, der Installationsfirma heraus.

»Ja ich weiß Herr Pieper, der ganze Ort ist trockengelegt. Ich habe es selber schon bei den Wasserwerken versucht, aber die sagen nur, es liegt am Klärwerk und die sagen mir wiederum, ich soll mich ans Wasserwerk wenden. Und so geht das hin und her. Ich kann nichts tun Herr Pieper, mir sind die Hände gebunden.«

Ich hörte Hilflosigkeit aus seiner Stimme heraus.

»Aber es muss für solche Fälle doch eine Wassernotversorgung geben«, blieb ich beharrlich, immerhin wollte ich ja noch duschen.

»Tja, eigentlich darf ich Ihnen das ja gar nicht sagen. Natürlich gibt es für solche Fälle Vorkehrungen, aber die sind nicht für Ihr Viertel gedacht.«

Ich schaute meinen Hörer verdattert an.

»Ich verstehe nicht? Was heißt das, nicht für mein Viertel?«

Hanselmann räusperte sich verlegen.

»Nun ja, es ist nur so ein Gerücht, aber auf der anderen Seite des Flusses, da wohnen ein paar Abgeordnete und so ...«

»Sie meinen die Villengegend da drüben?«

Wieder dieses Räuspern.

»Tja jedenfalls kamen von dort bisher noch keine Klagen wegen Wassermangels. Entschuldigung Herr Hausmeister, jetzt muss ich aber ...«

Also ohne duschen aus dem Haus und bei Julio im Kiosk vorbeischauen, wenn der nichts wusste, wusste niemand etwas.

»Was solle isch sagen Herr Hausmeistärr, ische abe auche keine Wasser aus Hahn. Kannst du abe kaufe bei mir lecker Wasser mit Gas und ohne Gas. Heute Sonderpreis für Hausmeistärr Flasche koste nur zehne Euro.«

Konsterniert starrte ich Julio an.

»Zehn Euro für eine Flasche Wasser? Julio, das ist Wucher!«

Julio zuckte nur lässig mit den Schultern.

»Hausmeistärr verstehen Wirtschaft nicht. Immer so, knappes Gut, hohe Preis. Marktwirtschaft Kapitsche?«

Nun, da kam eben der gewiefte Mafiosi in Julio durch und konnte es nicht vor mir verheimlichen.

Die Ladentür öffnete sich und Nora trat ein. Sofort bekam ich heiße Wangen.

»Hallo Tino, lange nicht gesehen, wie gehts denn so?«

Ich gebe es zu, zuerst suchte mein Blick ihren Ausschnitt. Die Hitze fühlte ich jetzt nicht mehr nur in meinen Wangen.

»Tja ähm, ach Nora, ja du bist es, ich hätte dich beinahe nicht erkannt.«

Ihr süffisantes Lächeln sagte es mir überdeutlich. *Du Lügner*. Sie wandte sich Julio zu.

»Julio mein Süßer. Ich muss zur Arbeit, hast du eine Flasche Wasser für mich?«

»Abe Nora, Sonne von Julio Herz. Mitte wenig Gas, wie immer? Machte 1,20 Euro, bittä.«

Nora lächelte kurz, zahlte und verschwand mit dem Wasser.

»Sag mal Julio, wieso nimmst du von Nora den normalen Preis?«

Julio sah mich an, als wäre ich an Begriffsstutzigkeit nicht zu übertreffen. Doch dann geiferte er los.

»Ihre Deutsche habett keine Blicke für Madonna. Hast du nicht gesehe, bella Figura die Nora. Und du? Haste du bella Figura? Nix haste du, biste du wie Klotz.«

Seine paar Tackersätze unterstrich er heftig mit seinen Armen und Händen gestikulierend. Alles klar, ich war ein Klotz für ihn.

Aber ein Klotz mit Verantwortungsgefühl. Ich konnte die mir anvertrauten Mieter hier im Viertel unmöglich auf dem Trockenen sitzen lassen. Ich musste etwas unternehmen, aber was?

Ich machte mich auf den Weg in mein Büro und wählte die Nummer von Kurt Haber, meinen Freund in der Firma und durch meine Inspiration Leiter für Neumieterbetreuung geworden.

»Ich habe es schon mitbekommen Tino. Land unter bei euch. Pardon, ich meinte Land über, also kein Wasser in Sicht.«

Er versuchte die Angelegenheit lässig und mit Humor anzugehen, der mir bei dem Ernst der Lage allerdings völlig abging.

»Mach bitte keine Scherze Kurt. In fünf Minuten ist es zehn Uhr und das Thermometer steht schon bei vierunddreißig Grad. Wann können wir wieder mit Wasser rechnen?«

Ich wollte eindringlich klingen, kam mir stattdessen aber kläglich verzweifelt vor. Und auch ein wenig von Kurt im Stich gelassen.

»Keine Ahnung mein Lieber, aber unsere Jungs sind dran. Verlass dich drauf und außerdem ist es erst neun, zieh die Stunde Sommerzeit ab.«

Ich hörte ein näher kommendes Brummen und schaute aus dem Fenster. Vor meiner Tür hielt ein Tanklastwagen.

Gegenüber flogen die Haustüren auf und Menschen mit Kanistern, Flaschen, Eimern und Plastiktüten in den Händen stürmten heraus und drängelten und knufften sich vor dem Tanker. Erste, wütende Protestrufe wurden laut. Dann Geschrei, weibliches, schrilles Gekeife.

Mir wurde flau im Magen. Ich hatte noch niemals einen Bürgerkrieg live erlebt.

»Kurt, hörst du dass? Das ist der Anfang von Anarchie. Der Sturm auf die Bastille war nichts dagegen. Kurt, ich sage dir, in einer Stunde brauchen wir hier die Bundeswehr.«

155

Kurt setzte einen ersten Kontrapunkt. Stille im Hörer.

»Hallo Kurt, bist du noch da? Es muss was passieren. Was ist eigentlich mit dem Villenviertel drüben, über dem Fluss? Haben die auch kein Wasser in der Leitung? Ich habe gehört, dass da ein paar Abgeordnete wohnen.«

Die Stille wurde ersetzt durch plötzlich eintretende Schnappatmung.

»So etwas darfst du nicht einmal denken Tino. Wenn das bekannt wird, dann haben wir hier wirklich Bürgerkrieg.«

»Also stimmt es. Die da drüben erhalten Notfallversorgung und bei uns hier kommt nichts an.«

Würde ich behaupten, dass ich wütend wurde, so stimmte das nicht so ganz. Meine Gefühlslage ging um einiges darüber hinaus.

»Tino, du siehst das nicht im richtigen Licht. Wir müssen doch regierungsfähig bleiben und wie willst du mit ausgetrocknetem Mund vernünftig regieren und die richtigen Entscheidungen treffen?

Es ist überaus wichtig, Tino, das die Entscheider entscheidungsfähig gehalten werden. Du schickst den Verteidigungsminister und die Generäle ja auch nicht als Kanonenfutter an die Front. Nein, dass macht man nicht, nur die Jungen und die Dummen haut man da rein. Das macht Sinn Tino, nur so wird ein Schuh draus.«

»Okay, aber dir ist schon klar, das *ich* die ganze Wut abbekomme? Immerhin bin ich hier der Hausmeister und man wird von *mir* Antworten und Lösungen verlangen. Was schlägst du also vor, wie soll ich mich verhalten Kurt?«

Kurt Haber überlegte, die Stille im Hörer war beredt.

»Also Tino, ich schlage ein defensives und deeskalierendes Verhalten von deiner Seite vor. Besser noch, du schließt dich im Keller ein und sitzt die Krise aus. Sorry, ich muss jetzt los, Termine, Termine. Eine leitende Position ist beileibe kein Zuckerschlecken. Tschüss und mach es gut Tino.«

Er legte auf und ich fühlte mich ...

157

»Hauen Sie ab Sie dumme Drossel, ich bin vor Ihnen dran. Weg jetzt mit Ihrem Kanister.«

Eine wütende, männliche Stimme, die schon so manche Schlacht in der zweiten oder dritten Reihe in einer Bäckerei oder beim Metzger geschlagen zu haben schien, wollte sich energisch durchsetzten.

»Ich, eine dumme Drossel?« Ein aufgebrachtes, weibliches Gegenstück, ließ sich nicht einschüchtern, »Sie haben den Knall wohl nicht gehört? Sind Sie nicht der Dauerarbeitslose aus der siebzehn?«

»Was wollen Sie denn von mir? Ich bin qualifizierter Maurermeister. Was kann ich denn dafür, dass nicht mehr gebaut wird. Sie mit Ihren vier Kindern kassieren doch auch Geld vom Staat und was haben Sie sonst noch so geleistet?«

Eine andere, weibliche Stimme mischte sich lautstark ein, was mir ein Kriseln im Nacken verursachte, weil sie mit einer sehr hohen Tonlage daherkam.

»Macht mal vorwärts ihr Labertaschen da vorne. Mein Mann muss zur Arbeit und will sich noch duschen. Das hat er sich verdient. Immerhin zahlt der die Steuern für Eure Stütze und das ganze Blagengeld.«

Diese kleine und richtungsweisende Diskussion unter dreien, ermunterte einen Vierten zu einem einmischenden Veto.

»Hör mal zu, du kleine Zicke da vorne. Dein Alter ist doch der Schwarzarbeiter vorm Herrn. Der zahlt doch nicht mal die Hundesteuer für euren Fiffi.«

»Was sagen Sie, mein Mann ein Schwarzarbeiter?« Kam es postwendend zurück, »ich zeige Sie wegen übler Nachrede an, jawohl. Und außerdem macht meine kleine Ruby nur ganz kleine Häufchen. Die sieht man gar nicht, so klein sind die, was man von Ihnen ja nicht behaupten kann Sie Scheißer.«

Das konnte nicht mehr lange gut gehen. Ich dachte kurz darüber nach, Kurts Rat deeskalierend einzugreifen zu beherzigen. Doch schnell verbannte ich meine heroischen Gedanken ganz nach hinten, wo sie sich ausruhen konnten. Sollte ich auch nur meine Nasenspitze zeigen, würde sich der gesamte, von der ansteigenden Hitze angestachelte Zorn über mich ergießen.

Nein, nein lieber Kurt, das mit dem Kanonenfutter lasse ich besser bleiben, dazu eigne ich mich mit meiner Fantasie wirklich nicht,

Hinter meiner Gardine, halbwegs verborgen, sah ich den Lastwagenfahrer, der auch die Funktion des Wasserverteilers innehatte, zur Salzsäule erstarren. Auch ihm musste mittlerweile klar geworden sein, in welch misslicher Lage er sich befand.

Doch es zeigte sich, dass er von der hart gesottenen Sorte der Wasserverkäufer war, als er sich straffte und dröhnend rief:

»Okay Leute. In Reih und Glied aufstellen. Habt Ihr das in der Ostzone nicht gelernt? Frauen und Kinder zuerst und damit das klar ist, keine Kreditkartzahlung, ich nehme nur bar auf die Kralle. Der Liter Wasser für nur fünf Euro.«

Die Frau mit den vier Kindern hatte sich endgültig durchgesetzt.

»Ich nehme 20 Liter. Zehn in diesen Eimer da und zehn in den anderen.«

Der Arbeitslose konnte sich leider nur zehn Liter Wasser leisten und wollte mit einem Hunderter zahlen.

»Den kann ich Ihnen nicht wechseln. Haben Sie es nicht kleiner? Schließlich bin ich nicht die Deutsche Bank.«

»Bei deinen Wucherpreisen kann ich mir nur zehn Liter leisten. Für die restlichen fünfzig Euro muss ich mir was zum Fressen kaufen. Was hilft mir dein Wasser, wenn ich verhungere.«

Die Stimme des Maurermeisters ohne Arbeit, weil wegen der strapaziösen und restriktiven Einhaltung der von den Behörden erlassenen Bauvorschriften in Deutschland zu wenig gebaut wurde, klang weinerlich und devot.

»Nix da«, kam es gnadenlos über die dünnen Lippen des Wasserverkäufers, »entweder der Rest ist Tipp, oder du gehst ohne Wasser zurück in deine Hütte.«

161

Der zum Hungern verdammte Maurermeister gab nach und schlich mit seinen zehn Litern kostbares Nass und um einen Hunderter ärmer von dannen, nicht ohne noch schnell die Bauaufsichtsbehörden auf das Schlimmste zu beschimpfen.

Die Besitzerin der kleinen Ruby war dran und hielt dem Wasserwucherer eine leere Bierflasche hin.

»Bitte vollmachen.«

»Wie bitte? Einen halben Liter Wasser wollen Sie kaufen? Ja sehe ich aus wie ein Groschengräber? Nix da, kommen Sie mit einem ordentlich großen leeren Eimer wieder, dann sind wir im Geschäft.«

Von hinten meldete sich der zu Wort, den sie vorher einen Scheißer genannt hatte.

»Siehste mal und ich dachte, dein Alter wollte duschen? Mit `nem halben Liter kommt der aber nicht weit. Ich wette der teilt nicht mal mit dir.«

Die leere Bierflasche flog in hohem Bogen und mit einem eindeutigen Ziel als Auftrag nach hinten. Doch leere Bierflaschen erkennen keine Aufträge an, da sie ja über deren Sinn, oder Unsinn nicht reflektieren können. Und so segelte die gedankenunfähige Bierflasche weit über den Adressaten hinweg und traf den Vorsitzenden der Partei der Patrioten, Torsten Kröll den Möbelpacker, auf den Kopf.

Immer noch verzagt und verborgen hinter meiner Gardine stehend konnte ich erkennen, wie diese kleine, aber heftige Kopfnuss, von einer leeren Bierflasche erzeugt, der ansonsten starren und etwas dümmlichen Mimik von Kröll etwas musisches, ja verzücktes verlieh.

Aus dem Stand heraus begann er sich, die Arme emporhebend im Kreis zu drehen. Seine Augen in die Höhe gerichtet sprach er mit zittrigem Pathos in der Stimme und das »R«, kräftig rollend:

»Mein geliebtes Volk. Endlich, ja endlich und aus heiterem Himmel, traf mich die einzig wahre Erkenntnis. Und mein unbeugsamer Wille soll euch Gerechtigkeit widerfahren lassen. Hier und Heute verspreche ich euch, die Autobahnmaut werde ich mit all meiner, von euch verliehenen Macht, auf jegliche Landstraße, ach was sage ich, auf jede Straße, jeden Feldweg und jeden Bürgersteig in diesem unserem Lande erweitern und gnadenlos jedem Ausländer, der sich hierher wagt, abverlangen. Nehmt mich beim Wort! Euer Kreuz für die Partei der Patrioten!«

Nach dieser ungeheueren Anstrengung, die ihm seine eigenwillige Erkenntnis abverlangt hatte, sank er erschöpft zu Boden, eine sprachlose Menge, mit noch leeren Eimern, Kanistern, Plastiktüten und Flaschen in den Händen, scharrte sich um den zu Boden gesunkenen und schwieg, im kollektiven Nachdenken über das Gehörte versunken. Ratlose Blicke trafen sich und suchten das Verstehen in den Augen der Anderen.

Ich wusste, dass erheblicher Flüssigkeitsmangel nicht nur dem Körper arg zusetzte. So mancher hatte in einer Wüste mit starken Halluzinationen zu kämpfen, wenn er beispielsweise, einen kahlen, verwitterten Kamelschädel abknutschte, weil er ihm als eine Dose eisgekühlte Cola erschien.

So etwas Ähnliches schien jetzt auch die Menge ereilt zu haben. Ob sie nun dehydriert war, oder nur einen Rattenfänger suchte, der ihre tiefsten Sehnsüchte erkannte und zu befriedigen versprach. Wie ein einziger Schrei erscholl es aus weit geöffneten Mündern. Erhob sich wie eine riesige unaufhaltsame Welle, die auf ein Riff auflief:

»Weg mit den Rundfunkgebühren! Weg mit den überbezahlten Fernsehintendanten! Weg mit denen drüben auf der anderen Seite. Anarchie und Wasser für alle, wir sind das Volk!«

Als ich sah, wie die aufgebrachte Menge mit hassverzerrten Gesichtern wie eine Wand auf den armen Wasserpreiswucherer zuging, wurde aus meinem Wunsch nach einem Keller ein Begehren nach einem tiefen Bunker.

Meine, mir anvertrauten Mieter, einmal ganz normale Menschen, waren zu einem unbremsbaren Pöbel mutiert. Der Wucherer floh Hals über Kopf und ließ ein Vermögen um des Lebens willen zurück..

Schnell war der Tanker entwässert und alle hasteten, nachdem sie gierig getrunken hatten mit vollen Eimern, Kanistern, Flaschen und prallen, zusammengeknoteten Plastiktüten in ihre Wohnungen und ließen den noch ohnmächtigen Vorsitzenden der Partei der Patrioten, auf dem Pflaster liegend zurück.

Die Straße war wie ausgestorben. Ich atmete auf und spürte jetzt brennenden Durst.

Ein unregelmäßiges Knarzen, Rattern, Packern und Schleifen holte mich in die Wirklichkeit zurück. Vorsichtig schob ich die Gardine etwas mehr zur Seite, um einen erweiterten Blick zu bekommen.

Ein Eisberg auf Rädern!

Er glitzerte matt in der sengenden Sonne und war aus der Nähe betrachtet als plumpe Fälschung zu erkennen, da er aus zusammengeklebten Eiswürfeln zu bestehen schien. Hinter der Imitation eines Eisberges brummte verhalten ein Traktor. Beide, der Traktor und der Eisberg, hielten vor meinem Fenster an.

Ein wirklich schlecht verkleideter Eskimo im Nerzmantel, stieg von seinem Gefährt herunter, in seinen Händen ein Megafon.

»Ihr Durstigen«, schrie es aus dem Megafon, »ihr Durstigen, eure Qual hat ein Ende. Hier komme ich aus der fernen Arktis, wo die Eisberge wachsen und bringe euch die Erlösung vom ewigen Durst.«

Der Eskimo, der ohne jeglichen Akzent die deutsche Sprache sprach, wartete. Nach einer Weile schien er irritiert. Wieder hob er das Megafon und rief:

»Ja wo bleibt ihr denn? Quält euch nicht der Durst? Ein Kilo echtes arktisches Eis kostet nur fünf Euro. Kommt, holt es euch, hier stehe ich.«

Er stand und wartete. Die Sonne stand jetzt schon sehr hoch am Himmel und schien zu Lächeln, was aber nur eine Täuschung, hervorgerufen durch die Luftverschmutzung, war.

Niemand kam. Der Eskimo musste sich unter seinem Nerzmantel kratzen. Er tat mir leid, er musste wohl sehr schwitzen. Der Eskimo sah sich zu sei-

nem Eisberg um, der nun um ein Drittel ge-
schrumpft war.

Unter den Rädern bildete sich eine schlammige
Pfütze. Seine kleinen Augen weiteten sich sofort
mit erkennendem Entsetzen.

»Hört doch, der Eisberg ruft. Zwei Euro das Kilo!
Bitte kommt doch, ich habe zwei Kinder und einen
Husky, die haben Hunger. Einen Euro das Kilo, ich
lebe in Scheidung und der Anwalt meiner Frau
macht mich fertig. Nun kommt doch und kauft.«
Ich persönlich gab dem Eisberg noch zehn Minuten. Aber niemand kam. Was war mit meinen
lieben Mietern los?

Plötzlich, mein Handy und mein Bürotelefon bim-
melten um die Wette.

»Herr Hausmeister, kommen Sie schnell, ich habe
eine Überschwemmung hier!«
Wo sollte ich nur anfangen? Anscheinend jeder
hier im Viertel hatte vergessen, die Wasserhähne
wieder zuzudrehen und nun standen Wohnungen
unter Wasser. Das Klärwerk war repariert und die

Wasserwerke hatten ihre Arbeit wieder aufgenommen.

Auch Torsten Kröll war aus seiner komatösen Ohnmacht erwacht und half dem Eskimo den Traktor aus dem nassen Schlamm zu ziehen, indem er versunken war. Der Karren war leer, der Eisberg verschwunden.

Niemand hatte aus dieser Wassernotsituation Kapital schlagen können, nicht die Preiswucherer und auch nicht Torsten Kröll.

Nachdem der Durst, der konkrete Mangel verschwunden war, waren auch die Wut und die Entrüstung über *die da oben* verschwunden und das übliche Leben ging seinen gewohnten, von Gleichgültigkeit geprägten Weg weiter.

Es brauchte keinen Volkszorn und auch keine falschen Patrioten und deren Parteien, wenn das Recht auf Allgemeingut wiederhergestellt war.

Ich saß noch in meinem Büro, nahm Hilferufe entgegen und koordiniere die Einsätze vom Installateur Hanselmann, den einzigen Gewinner aus dieser Situation, der sich gerade eine goldene Nase verdiente. Und ich?

Hatte ich im Bad meine Wasserhähne zugedreht?

Hilfe!

Hanselmann!

Das Gerücht

Als Hausmeister muss man seine Antennen nach allen Seiten ausrichten und ständig auf Sendung sein, wenn man nicht von etwas überrascht werden wollte, das einem unter Umständen gehörig gegen den Strich ging.

Schon seit Tagen lag dieses Wispern in der Luft, dessen Inhalt sich mir ganz und gar nicht offenbaren wollte.

Doch es war eindeutig da, wie das elektrisierende Knistern erhitzter Luft, die sich jeder Zeit explosiv entladen konnte.

Manchmal war das kommende, sich anschleichende Unheil beinahe greifbar, wenn es sich in ausweichenden Blicken oder dem Wechseln der Straßenseite bei einer zufälligen oder sich anbahnenden Begegnung aufflackernd zeigte und um die Ecke lugte.

Mein Radar signalisierte mir eindeutig, dass eine Gefahr im anzug war, der ich mich stellen musste. Doch wo und wie sollte ich mich aufstellen oder mich ihr entgegenstellen, wenn ich doch noch nicht die geringste Ahnung hatte aus welcher Richtung sie auf mich zurollen würde?

Keine Frage, ich musste die Ursache, den Grund dieser in mir widerstreitenden Gefühle herausfinden, bevor ich überhaupt in irgendeiner Weise aktiv werden, oder auch nur daran denken konnte, irgendwelche Gegenmaßnahmen einzuleiten.

Ich ahnte nur eines, es hatte mit meinen lieben Mietern in der mir anvertrauten Wohnsiedlung hier zu tun. Warum sonst gingen mir persönlich bekannte Menschen aus dem Weg, die ansonsten immer aufgeschlossen für einen kleinen Plausch mit mir waren. Die mit Freuden eine kleine Denunziation vom Stapel ließen, oder mit verstecktem Spott über eine Nachbarin herzogen, die öfter Herrenbesuch bekam als ihr, oder ihrem guten Ruf, guttat.

Manche steckten mir schon mal eine Tafel Schoko-
lade zu um einen kleinen, nett gemeinten Beste-
chungsversuch bei mir anzubringen wie beispielsweise eine Klosettschüssel gegen eine mit größeren
Radius auf Kosten der Wohnungsgesellschaft auszutauschen, weil der Hintern der Angetrauten jetzt
über die alte Schüssel hinweg schwappte, seit sie
ihre hundertste Diät abgebrochen hatte, was ihr ein
unangenehmes Sitzen verursachte, das ihr
wiederum grässliche Launen machte, die ihm
wiederum die Freuden eines Fußballspiels im
Fernsehen nahmen.

Oder auch nur, um hinterrücks darum zu bitten,
den Rauhaardackel des Nachbarn unauffällig in
meine Mikrowelle zu bugsieren und die auf eine
Stunde bei Höchststufe einzustellen, weil der einem immer vor das Schienbein pinkelte, wenn er
sich bei einer Begrüßung überschwänglich freute
und man die Reinigungskosten für urindurchnässte
Beinkleidung über war, man selber aber dem ansonsten netten Nachbarn mit makellosem Gewis-

173

sen sein Beileid über diesen schmerzlichen Verlust aussprechen wollte.

Alle die, mir lieb und teuer gewordenen Menschen entzogen sich mir, indem sie schnell um eine Ecke bogen und so taten, als hätten ihre Weitwinkelobjektive mein Nähern nicht wahrgenommen, hatten Angst, nur wovor?

Ich musste offensiv werden. Ich musste sie stellen, einen nach dem anderen. Nur so konnte ich wieder Herr über eine Situation werden, die mir entglitten war. Ich benötigte eine gute Tarnung, die ein Vorzeitiges entdecken meiner Person und damit einhergehend die Möglichkeit eines rechtzeitigen Entkommens verhinderte.

Ich kramte in meinen Schränken.

Die Sonnenbrille.

Nun war das Wetter mit tief stehenden Wolken nicht unbedingt sonnenbrillengerecht, aber wie viele berühmte Persönlichkeiten von der ersten Klasse bis zum Z-Sternchen der Regenbogenpresse trugen aus ästhetischen Gründen, die bei manchen durchaus angebracht waren, sogar im Dämmerlicht Sonnenbrillen?

Der dunkle Trenchcoat mit den Schulterklappen.

Nun war der ein wenig aus der Mode, machte aber in detektivischer Hinsicht durchaus Sinn, wenn man dem Ensemble aus Sonnenbrille und Trenchcoat noch eine Pfeife aus Meerschaum hinzufügte.

Sandalen oder Boots?

Das war keine so einfache Entscheidung. Als Hausmeister trug ich immer robuste Schuhe mit einer Stahlkappe vorne drin. Man sollte harte Dinge, die der Schwerkraft gehorchten, nicht unterschätzen und so eine Stahlkappe kann durchaus die ein oder andere Zehe vor Schaden retten, wenn da was gefallen käme. Somit schieden die Boots wegen zu großer Ähnlichkeit mit den Arbeitsschuhen aus. Blieben also nur noch die Sandalen, die hellbraun waren und meine Zehen nicht schützen konnten. Eine perfekte Tarnung für untenrum also. Wer vermutete schon einen Hausmeister in hellbraunen Sandalen auf sich zu schlurfen zu sehen?

175

Ein Hut, meine Frisur konnte mich durchaus verraten.

Hier war die Entscheidung sehr einfach. Erstens besaß ich, außer einer schwarzen Wollmütze gar keine Kopfbedeckung und zweitens verkleidete ich mich zu Karneval immer gerne als Cowboy und trug selbstredend einen dunkelbraunen Hut mit breiter Krempe der Marke Stetson mit dazu.

So stand ich vor dem Spiegel meines Schlafzimmerschrankes und betrachtete das, was mir seitenverkehrt gegenüberstand und erkannte mich selbst nicht wieder.

Eine Mischung aus Indiana Jones, einem Trenchcoattragenden Jeti und Kommissar Maigret war das, was aus mir geworden war. Ich war stolz auf mich und meine Tarnkünste. Meine Ermittlungen konnten beginnen.

So gewandet begab ich mich auf die Straße und veränderte selbstredend und ganz automatisch meinen Gang. Den Kopf zog ich zwischen meine Schultern, was mir einen kleinen Buckel auf den

Rücken machte. Die Hände vergrub ich Tief in den Manteltaschen und das rechte Bein zog ich ein bisschen nach, was meinem Schritt etwas schlurfiges gab. Ich kam etwa zweihundert Meter weit.

Ein Streifenwagen bremste hart, mit quietschenden Reifen neben mir.

»Polizei, hallo, Sie da! Bleiben Sie bitte mal stehen.«

Layla. Sie baute sich breitbeinig vor mir auf. Die Handschellen an ihrem Gürtel schaukelten einladend hin und her und die Pistole in ihrem Halfter ließ für Kompromisse keinen Raum..

»Zeigen Sie mir bitte ihren Personalausweis. Sie haben doch einen dabei, oder?«

Ihre brummig, harzige Stimme, die Pistole und die baumelnden Handschellen an ihrer Seite, bildeten eine Szene aus einem Kriminalfilm ab, dessen Titel mir gerade nicht einfiel.

Ich flüsterte beschwörend:

»Bitte Layla, ich bin es, der Tino. Bitte lass meine Tarnung nicht auffliegen.«

Ihr Blick war Misstrauen und Verwunderung zugleich.

»Tino? Habe ich Karneval verpasst oder observierst du?«

»Observieren ist nicht der richtige Begriff, ich ermittle eher«, gab ich mich fachlich professionell.

Das erkennende Leuchten ihrer blauen Augen, produzierte Begreifen.

»Okay, gegen wen richten sich deine Ermittlungen, kann ich dich unterstützen?«

Sie zwinkerte mir kollegial zu.

»Ich habe noch nicht die geringste Ahnung Layla. Deswegen meine Verkleidung, die Leute hier sollen mir unvoreingenommen begegnen und nicht sofort den Hausmeister in mir erkennen.«

Sie prustete verhalten und sah mich verstohlen und zweifelnd an.

»Tino, du siehst aus wie ein Berber vom Jahrmarkt. So bekommst du mit Sicherheit keinen Kontakt zu irgendwem hier. Eher vernageln die ihre Fenster, wenn sie dich sehen.«

Da war was dran, musste ich ihr und mir eingestehen. Aber schließlich wollte ich ja auch keinen Nachbarschaftsplausch führen, sondern nur aus sicherem Versteck beobachten, was sich um mich herum tat.

Layla war klug. Sie tat so, als hätte sie mich überprüft und alles wäre in Ordnung. Sie hob ihre Hand zum Gruß an den Schirm ihrer Dienstmütze.

»Dann noch einen schönen Tag der Herr.«

Ich schlurfte weiter, meine Blicke nach links und rechts werfend. Da, ein erster Abfalleimer an der Straßenlaterne. Die Bewohner hier warfen keine Pfandflaschen in die öffentlichen Abfalleimer hier, das Pfandgeld brauchten sie selber. Einen angenehmen Nebeneffekt hatte das auch, es verirrten sich keine Obdachlosen oder Rentner mit Mindestbedarfseinkommen aus anderen Wohngegenden nach hier. Es gab hier einfach für sie nichts zu holen.

Aber aus detektivischer Sicht sind öffentliche Müllbehälter manchmal eine wahre Fundgrube, wenn die Ermittlungen noch nicht über einen Anfangsverdacht hinausgegangen sind. Ein Täter müsste doch gebauchpinselt sein, entsorgte er etwa das Corpus Delikti im eigenen Mülleimer vor dem Haus.

Ich sicherte meine Umgebung mit schnellen Blicken in alle Richtungen und durchwühlte den Müllbehälter. Was war das?

Ein zerknüllter gelber, bedruckter Handzettel. Gelbe Handzettel sind mir immer verdächtig. Nun ist die Farbe gelb nicht so eine starke Signalfarbe wie rot, doch signalisiert sie oft eine Gefahr, die über ein latentes Empfinden hinausging.

Ich strich in glatt und las:

Wehrt euch Bürger!

Wir lassen uns nicht aus unseren Wohnungen rausschmeißen und von hier vertreiben. Setzt dem Wohnungskapitalismus der Immobilienhaie ein Ende. Unser Viertel gehört uns und nicht den Russen oder Chinesen oder sonst wem von irgendwo!

Ich erschrak. Wen meinte der Verfasser? Von welchem Viertel war die Rede? Was hatte es mit Wohnungskapitalismus auf sich? Und was sollte der Vorwurf an Russland, China? Warf da vielleicht jemand etwas gewaltig durcheinander?

Nun, ich erinnerte mich an ein paar ältere Russ-landdeutsche, die hier wohnten und ihre Rente ver-juxten und an ein Pärchen mit zwei Kindern aus Vietnam, er Fensterputzer und sie Reinigungskraft im Krankenhaus. Beides fleißige Leute. Ich konnte mir beim besten Willen nicht vorstellen, dass die, die alten Russen und die beiden Vietnamesen in ei-ner konzertierten Aktion irgendwen aus ihren Woh-nungen werfen und vertreiben wollten. Die Angelegenheit wurde mir immer nebulöser.

Gedankenverloren schlurfte ich weiter, den Hand-zettel hatte ich in meiner Manteltasche vergraben. Ich entdeckte den Kiosk, ich war mir gar nicht be-wusst, dass ich schon so viele Meter gegangen war. Aber es war gut so, ein Glas Wasser konnte ich jetzt gut gebrauchen.

»Hallo Julio, hast du bitte eine Flasche Wasser für mich?«

Der Italiener musterte mich kritisch und zunehmend argwöhnisch, als er überlegte, wer ich denn sein könnte..

»Hast du überhaupte Geld dabei? Wer biste du überhaupte eh? Ich geben null Kredit an nix und niemande. Basta Signore.«

Natürlich, in meinem Aufzug konnte er mich ja nicht erkennen.

»He Julio, ich bin es, der Tino, der Hausmeister. Ich bin nur ein wenig verkleidet.«

Ich hob meinen Hut ein Stück und lupfte die Sonnenbrille so, dass er meine Augen sehen konnte.

»Isse nicht war. Du Tino, eh? Was mache du in dem Kostüm? Isse Karnevale? Nix isse Karnevale, bisse im falsche Monat. Party finito unne vorbei. Kapito?«

Sein Italodeutsch war herzzerreißend und ich musste lachen.

»Ich weiß Julio, aber mein Kostüm ist eher eine Art Tarnung. Ich muss wissen, was in unserem Viertel los ist. Alle Mieter hier, auch die die mich gut kennen, gehen mir seit Tagen aus dem Weg. Niemand will mit mir reden und ich mache mir ernsthafte Sorgen. Weißt du vielleicht Näheres Julio? Du bekommst doch hier im Kiosk allerhand mit.«

Julio nahm ein Glas aus dem Regal hinter sich und begann, es mit einem Handtuch heftig zu polieren. Dabei sah er angestrengt zu Boden und hauchte das Glas ab und zu an um es noch heftiger mit dem Handtuch zu malträtieren. Er sagte kein Wort.

»Julio, du musst mir nicht den Sizilianer geben. Jetzt komm schon du Möchtegernmafiosi, spuck es schon aus, was ist hier los?«

Doch Julio blickte an mir vorbei zur Straße hinaus, als wäre ich Luft, dabei pfiff er eine traurige Arie aus einer italienischen Oper vor sich hin.

Es war zwecklos, ich hätte schon eine peinliche Befragung bei ihm durchführen müssen um ihn zum Reden zu bringen.

Ich verließ den Kiosk und Julio mit wirbelnden Gedanken im Kopf über die Mafia im allgemeinen, effiziente Foltermethoden und dem unangenehmen, ja drohendem Gefühl eines sich nahenden Unheils.

Ich musste mich Rückversichern und rief Rebecca Sanches, eine Vertraute, die unter anderem für die Neumieterbetreuung zuständig war und in der Firmenzentrale saß, an.

»Hi Rebecca, Tino hier, alles klar bei dir?«

Ich wollte erst einmal unverbindlich klingen und auf Zwischentöne achten, bevor ich mit der Tür ins Haus fiel. Schließlich wollte ich mich mit meinem unguten Gefühl nicht lächerlich machen. Nachher galt ich noch als paranoid.

»Schön von dir zu hören Tino. Ja, bei mir ist alles tippitoppi. Was kann ich für dich tun? Brauchst du mal wieder Infos über eine neue, heiße Mieterin? Ich sage nur ein Wort: Datenschutz.«

So weit war es schon mit mir und meinem Ruf als Weiberheld. Natürlich hatte sich meine Vorliebe für die heiße Nora, die auf der Johannstraße 13 im Dachgeschoss wohnte, in dem von mir betreutem Wohnviertel herumgesprochen.

»Nö meine Liebe, mir ist im Moment noch keine aufgefallen. Es ist nur so, als Hausmeister ist man irgendwie auch Einzelkämpfer und auf sich alleine gestellt und hat manchmal Sehnsucht nach seinen netten Kolleginnen in der fernen Zentrale in einer unbekannten Galaxie.«

Sie lachte süffisant auf und wurde verschwörerisch leise.

»Nun mein kleiner Astronaut, wie sollte ich dir von so weit nur näherkommen können? Haben Sie da eine Idee Captain Kirk?«

Nichts!

Da war gar nichts zwischen den Zeilen bei ihr herauszuhören. Rebecca verhielt sich wie eh und je. Kein Rauschen, kein Wispern, alles klang so stinknormal. Vielleicht war der Gedanke einer sich anbahnenden Paranoia bei mir, doch nicht so abwegig.

»Keine Idee. Ich bieg dann mal wieder in meine Umlaufbahn ein. Bis bald Rebecca.«

Ich legte auf.

Natürlich hätte ich noch Kurt Haber anrufen können, Rebeccas Chef und so etwas wie ein Freund
von mir, seit ich ihm durch Zufall zu dem Posten
als Leiter für Neuvermietungen verholfen hatte.
Aber das war mir dann doch zu heikel.

Es ging auf den frühen Nachmittag zu und die
Straßen waren immer noch menschenleer. Ich fühlte mich wie in einer Geisterstadt in Kalifornien im
neunzehnten Jahrhundert, nachdem alles Gold ge-
schürft und auch die Dirnen abgezogen waren, als
ich hinter mir ein Geräusch gewahr wurde.

Erschrocken drehte ich mich um und konnte nicht
fassen, dass sogar ein Elektroauto in dieser unna-
türlichen Stille, lärmend wie ein Schnellzug daherkam. Auf dem Dach befand sich ein Lautsprecher.
Auf der Motorhaube stand: *Mogelhammer, der
Baumarkt Ihres Vertrauens.*

Ich war noch mit der Frage befasst, was ein Elektroauto eines Baumarktes mit einem Lautsprecher
auf dem Dach bedeuten konnte, als es plötzlich
losplärrte:

Ab morgen Supersonderangebote. Stabile Holzplanken in jeder Größe verfügbar. Der Meter nur 99 Cent. Extrastrake Stahlschrauben im Megapack für nur 2,99 Euro. Selbschussanlagen mit Gummigeschossen, importiert aus Bulgarien nur 99 Euro. Blendgranaten aus Beständen der ehemaligen NVA, das Stück nur 5 Euro. Überwachungskameras ...

Weiter kam die Werbedurchsage nicht.

Sie wurde von lautem Gedröhn und Getöse übertönt und das Elektroauto links und rechts von Motorrädern einer bekannten Rockergang aus der nahegelegenen Kreisstadt überholt, eingekeilt und zum Anhalten gezwungen.

Glatzköpfige Rocker mit Langhaartoupets rissen die Wagentüren auf und zerrten zwei Anzug tragende, schwach protestierende junge Männer aus dem Wagen.

Einer der Rocker wollte sich in den Kleinwagen zwängen, musste sein Unterfangen aber wegen seiner Muskelmasse, deren Herstellung viel zu kostspielig und aufwändig war für den Wagen, der für einen normalen, japanischen Durchschnittsmann oder eine mitteleuropäische Frau mit einer maximalen Konfektionsgröße nicht über vierzig ausgelegt war, einstellen und einem Juniorrocker von geschätzten dreizehn Jahren, den Vortritt lassen.

Der Lautsprecher kreischte, als er mit dem eingeschalteten Iphone des Juniorrockers rückkoppelte. Die Fenster der Häuser blieben verschlossen und dunkel.

Jetzt endlich erklang die nörgelige, jugendliche Stimme des Nachwuchsrockers aus dem Lautsprecher:

Hört zu ihr armen, wehrlosen Mieter! Wir, die Hardcore Flippers aus der Kreisstadt nebenan beschützen euer Haus, Hof und Heim. Hier kommt kein Fremder, kein Feind herein.

Pro Nase kostet euch unser Superschutz nur 100 Euro. Zahlbar in bar, also cash auf die Kralle, Keine Kreditkarten. Verstanden?

Also, ihr armen und wehrlosen Mieter ...,weiter kam er nicht.

Ich hatte dieses Geräusch, als es noch aus der Ferne kam nicht richtig einordnen können, obschon es mir irgendwie bekannt vorkam.

Doch jetzt war mir sonnenklar, was da vom Himmel kam. Eine Armada von Hubschraubern rückte an und landete vor und hinter den Motorrädern und dort, wo gerade etwas nach einem einigermaßen sicheren Landeplatz aussah.

Lauter Männer in blauen und grauen Anzügen der gehobenen Bekleidungsmarken und auch einige, gut gestylte Frauen in eleganten Kostümen von Armani und Coco Chanel, mit Aktentaschen und Laptops unter den Armen oder in den Händen, sprangen aus den gelandeten Maschinen. Einige, besonders waghalsige oder gierige, hatten Regenschirme aufgespannt und sprangen schon fünf Meter über dem Boden ab, um die Ersten zu sein.

Sofort schwärmten sie im Rudel aus und rannten auf freie Hauseingänge zu. Manche nagelten geschickt ihre Visitenkarten auf die Haustüren, um ihren Claim zu beanspruchen, und zu sichern. An manchen Haustüren begegneten sich zwei oder drei Anwälte, die zur selben Zeit dort ankamen und hieben mit ihren Laptops aufeinander ein, um ihr Vorrecht nachdrücklich und endgültig zu dokumentieren.

Eine Anwältin, die gerade im Dreikampf zu unterliegen schien, hatte die zündende Idee einen, der gerade arbeitslos gewordenen Rocker gegen Bares zu engagieren um ihre Haustür und die dahinter befindliche Klientel für sie zu bewachen und zu verteidigen.

Die Schnelldenker unter den Hardcore Flippers erkannten daraufhin ihre Chance auf die neue Geschäftsidee und damit verbundenen Umsätzen und führten flott überzeugende Verkaufsgespräche mit immer noch haustürlosen und dementsprechend deprimierten Rechtsanwälten und ließen als Verkaufsargument ihre Muskeln spielen. Manche packten noch einen drauf und entledigten sich ihrer

Langhaartoupets und zeigten ihre martialische Vollglatze.

Ich, Tino Pieper, der Hausmeister hier und mit einem Monopol auf die Gehwege ausgestattet, hatte hier, angesichts der Übermacht nichts mehr zu melden. Darüber hinaus begriff ich auch rein gar nichts.

Ich griff in meine Manteltasche. Verstohlen holte ich den gelben Handzettel heraus. Wo blieben sie denn, die Russen und die Chinesen. Im Geiste entschuldigte ich mich bei der vietnamesischen Familie, die ja mit den Chinesen überhaupt nichts am Hut hatte.

Plötzlich und vollkommen unerwartet, gingen hinter den Fenstern die Lichter an.

Türsummer ertönten, die Anwälte stürmten durch die Haustüren. Die Rocker mit einem festen Engagement, stellten sich mit verschränkten Armen, breitbeinig auf und ließen keinen fremden Anwalt hinein. Da halfen kein Bitten und kein Flehen außer, aber nur bei den wirklich korrupten

Bizepsträgern ein richtig fetter Geldschein, was wiederum zu nicht wenigen Irritationen und Komplikationen hinsichtlich bereits geschlossener Geschäftsbeziehungen führte.

Die Straßen im gesamten Viertel waren verstopft von einem Elektrokleinwagen, einigen hundert Motorrädern und dutzenden von illegal parkenden Hubschraubern. Für mehr Motorisiertes gab es keinen klitzekleinen Platz mehr, nicht die geringste Lücke.

Da mittlerweile die Dämmerung eingesetzt hatte, sah man sie nicht gleich sofort. Irgendwer musste ihnen gesteckt haben, was hier in meinem Viertel gerade ablief. Eine Hundertschaft schwarzer Fallschirme rauschte auf die Straßen hinab.

Untendran hingen junge Männer mit Anzügen der unteren, billigen Preiskategorie und mit kleinen Werbeschildchen an den Polyesterrevers, die gelb, grün oder rot fluoreszierten. Diese Schildchen waren so was von aufdringlich, dass ich sie gut im Dämmerlicht lesen konnte.

Versicherungen Krause, Versicherungen Maier und so weiter, nur die Nachnamen unterschieden sich. Vorneweg stand immer Versicherungen. Was die jetzt hier wollten, konnte ich mir nicht erklären. Außerdem kamen sie trotz ihrer Fallschirme viel zu spät, gegen die schnellen Anwälte mit ihren Rockern hatten sie keine Chance mehr.

Doch das war ein Fehlschluss von mir, denn die Versicherungsvertreter arrangierten sich schnell mit den Anwälten, indem sie ihnen flott Risikoausfallschutzversicherungen gegen eventuelle Zahlungsausfälle der Mieter-Klientel verscherbelten und wiederum den Mietern Versicherungen gegen eigene Zahlungsunfähigkeit aufschwatzten.

Jeder war jetzt gegen jeden versichert und zufrieden. Die Versicherungsvertreter auch, denn sie addierten im Geiste ihre Provisionen.

Und auch die Rocker bekamen schöne neue Vollkaskoversicherungen für ihre Motorräder mit Sonderrabatt.

Zeit für mich für ein Bier.

Ich warf meine gesamte Verkleidung, die als Tarnung gedacht war ab. Außer die Sandalen, die behielt ich an. Ich wollte nicht barfuß und mit schmutzigen Füssen bei Julio in seinem Kiosk ankommen.

»Bitte ein Bier Julio, ein kaltes«, bestellte ich gedemütigt und dementsprechend devot.

Ich nahm den ersten Schluck, als mein Blick auf eine Schlagzeile der Boulevardtageszeitung fiel:

Russen und Chinesen kaufen den deutschen Immobilienmarkt auf und setzen Mieter auf die Straße!

Hier in meinem Revier hatte ich allerdings weder Chinesen noch Russen gesehen.

Gerüchte wurden eben auch durch grelle Schlagzeilen nicht wahrer. Wer diese wohl in die Welt gesetzt hatte?

Ich tippte spontan auf die Versicherungsvertreter, warum sonst waren sie als Letzte zur Party gekommen?

Das magische Dreieck

»Guten Morgen Tino, hier ist Nora, wie geht es dir?«

Ich öffnete mit einiger Anstrengung meine verklebten Augenlider und versuchte mich zu erinnern.

Nora, Nora? Gestern Abend hatte ich etwas über den Durst getrunken und fühlte mich dementsprechend verkatert. Na ja, heute ist ja Sonntag und ich hätte ausschlafen dürfen, können, wollen, müssen, wenn nicht dieses verdammte Telefon so infernalisch laut geläutet hätte.

Anfangs wollte ich diesen nervigen, sich wiederholenden Ton ignorieren, aber irgendwann musste ich mich geschlagen geben und den Hörer abnehmen. Der Anrufer war hartnäckiger als mein Wille, jetzt kein Telefonat führen zu wollen.

Der Name? Nora? Urplötzlich war ich hellwach und schwang meinen Oberkörper wie ein Klappmesser in die Senkrechte und saß wie ein Winkeleisen starr auf meinem Bett. Gerne hätte ich jetzt mit sonorer, verführerischer Stimme etwas gefragt, gesagt, geplappert. Aber meine Zunge war so geschwollen wie meine Augen und klebte mir am Gaumen fest.

»Äh, ja.«

»Tino, alles in Ordnung bei dir? Bist du nicht alleine? Störe ich gerade?«

Ein scharfer Gedanke jagte kurz, durch das Universum meiner Synapsen; machte hier ein Lichtlein an und knipste dort eins aus.

Alleine? Was sollte diese Frage. Natürlich bin ich alleine. Ich bin immer alleine. So verdammt alleine bin ich, dass ich mich manchmal am Morgen im Spiegel sehe und erschrecke, dass da jemand anderes vor mir steht im Badezimmer, hinter dem Spiegel, der vielleicht gar kein Spiegel war.

Auf dem Nachttisch stand noch eine halb volle Flasche Bier. Im Reflex, nach Rettung und Sprache suchend ergriff ich sie und trank, den schalen widerlich schmeckenden Inhalt gierig aus. Meine dicke, geschwollene Zunge löste sich, machte sich frei und signalisierte mir, dass sie jetzt wieder einsatzbereit wäre.

Nur wollten einige dieser mistigen Synapsen ihren Job nicht aufnehmen und verweigerten ihren Arbeitsantritt, es war ihnen egal, dass ihr Streik zum jetzigen Zeitpunkt gänzlich unangebracht war und zudem nicht angemeldet und daher unrechtmäßig. Aber es war ihnen gleichgültig, wie es schien, sich in der Illegalität zu bewegen.

»Äh, ja?«

»Was ist denn nur los mit dir Tino? Soll ich dir einen Arzt rufen? Du erschreckst mich und machst mir Angst.«

Ich konnte Nora Angst machen? Nora, der Traum meines Unterleibes war wirklich besorgt um mich? Ein paar Lichter gingen mir im Kopf wieder an. Guten Morgen liebe Freunde, könntet ihr jetzt mal wieder ganz normal euren Job machen? Ich muss nur etwas denken, reflektieren und sprechen können mehr verlange ich gar nicht. Los, macht jetzt hin!

»Äh, morgen Nora, nein nein, ich bin nur gerade erst aufgewacht und stand etwas neben mir. Schön das du anrufst, lange nichts mehr von dir gehört.«
Täppisch, aber ich brachte immerhin zwei ganze Sätze zustande. Ein kleiner Fortschritt.

»Na ja, ich bin eben sehr eingespannt. Arbeit und so, aber das möchte ich jetzt ändern. Das Leben zieht so schnell an einem vorbei. Findest du das nicht auch lieber Tino?«

Was war nur mit Nora los? Ich erinnerte mich daran, wie sie mit Torsten Kröll, dem Möbelpacker abzog und mich links liegen ließ.

Oder die Eröffnung von Kittys Saloon, als sie mit dem Zahnarzt im Porsche abdüste. Und jetzt faselte sie davon, wie schnell das Leben an einem vorbeizieht. Als ob ich das nicht wüsste.

Aber okay, wenn sich mir schon mal die Gelegenheit bot, mit Nora ins Gespräch zu kommen ..., mal sehen wohin sich das entwickelte.

»Du solltest vielleicht nicht so viel arbeiten«, sagte ich etwas bemüht, »was möchtest du denn ändern?«

Eine kleine Weile horchte ich in den Hörer und vernahm nur ihr leises Atmen. Ich genoss diesen gemeinsamen Moment der Stille mit ihr allein.

»Möchtest du demnächst mit mir Essen gehen Tino. Ich wette, wir hätten uns gegenseitig so viel zu erzählen, meinst du nicht?«

Jetzt war ich wirklich baff! Nora wollte mit mir ausgehen? Mit mir, einem Hausmeister, wo sie bei ihrem Aussehen doch jeden anderen haben konnte.

Es müssen ja nicht immer Zahnärzte sein, wie sie mit ihrem Fehlgriff beim Kröll ja bewiesen hatte.

»Gerne Nora, was schlägst du vor?«

»Heute Abend, beim Griechen? Holst du mich um acht Uhr zuhause ab?«

Die Sache nahm an Fahrt auf, ich war begeistert.

»Abgemacht Nora. Um acht bei dir.«

Sie legte auf und ich konnte mein Glück kaum fassen. Ich brauchte dringend einen Kaffee und musste mir kleidungstechnisch für heute Abend meine Gedanken machen.

Das Telefon klingelte. Schon wieder.

Wollte Nora vielleicht einen Rückzieher machen, hatte sie mit mir nur einen kleinen Schabernack treiben wollen? Mit einem unbehaglichen Gefühl nahm ich den Hörer auf.

»Ja, hallo?«

»Ich bin es Herr Hausmeister, Madlen. Haben Sie mich etwa schon vergessen?«

Ihre rauchige, verführerische Stimme zauberte mir sofort ein Bild ihrer Oberschenkel, wie sie nur Eisschnellläuferinnen haben konnten vor meine Augen. Madlen Jäckel, aus Köln hierhergezogen.

»Aber nein Madlen, wie könnte ich Sie nur aus meiner Erinnerung löschen. Wie gehts denn dem Torsten?«

»Welchem Torsten Tino?«

»Dem Torsten Kröll, dem genialen Möbelverschieber. Sind Sie sich nicht näher gekommen an dem Abend als Kitty ihren Saloon eröffnete?«

Ich hätte jetzt ein peinliches Schweigen von ihr erwartet. Doch Madlen war ehemals eine Großstäd-
terin, welt- und wortgewandt.

»Ach Tino. Ich stehe auf Männer mit Geist und
Charme und nicht auf solche Rohklötze wie den
Kröll. Nein nein, da war nichts. Rein gar nichts.
Eine Episode vielleicht, ein kleiner Moment der
Schwäche eventuell. Ich bin ja immer so einsam
Tino. Ich bin doch auch nur eine Frau und möchte
nicht immer so alleine sein.«

Ich war mir nicht sicher, was Madlen von mir
wollte. Damals, als ich in ihrer Küche den Abfluss
gedichtet hatte, wären wir ja beinahe übereinander
hergefallen, jedenfalls hätte ich es mir gewünscht.
Aber mein brummendes Handy und ein dringender
Fall, den ich zu lösen hatte, verhinderten ein mög-
liches Abenteuer.

Nun, es war Sonntag und bis zu meinem Rendevous mit Nora war noch reichlich Zeit. Also warum nicht mit Madlen ein bisschen Plaudern und
herausfinden, was sie von mir wollte.

»Ja Madlen, das mit der Einsamkeit ist schon ein schwer zu ertragendes Los. Aber ich meine Sie, Sie sehen doch blendend aus. Eine Frau wie Sie muss nicht alleine sein, wenn sie nicht will.«

»Sie schmeicheln mir Herr Hausmeister. Aber, es muss schon der richtige Mann sein. Sensibel, sollte er sein und ..., intelligent. Und Humor, Humor sollte er auch besitzen. Finden Sie nicht auch Tino?«

Mir wurden die Knie weich. Mein Atem stockte und wollte nicht aus der Lunge, an Worte war gar nicht erst zu denken.

»Tino? Sind Sie noch dran?«

Klang ihre Stimme noch etwas rauchiger oder verführericher als sonst? Mit dem Hörer am Ohr machte ich Kniebeugen, um wieder in Form zu kommen.

»Ja ja Madlen, ich habe nur gerade Wasser für den Kaffee aufgesetzt«, log ich, »Was kann ich denn für Sie tun?«

»Beispielsweise mit dem dummen Gesieze aufhören. Wir sollten uns endlich näherkommen Tino

202

und das geht ganz bestimmt besser, wenn wir uns Duzen, nicht wahr?«

Endlich näherkommen? Aber ganz bestimmt wollte ich Madlen näherkommen. Aber heute war das ganz schlecht. Keine gute Idee. Heute Abend war ich mit Nora zum Essen verabredet. Ich stand plötzlich und vollkommen unerwartet zwischen zwei begehrenswerten Frauen, nach denen sich jeder andere Mann die Finger abschleckte. Ich, Tino Pieper, der dusselige Hausmeister hier, der seinen schrottreifen Opel mit beidseitig klebendem Teppichklebeband zusammenflickte.

»Was denkst du Tino, wollen wir beide nicht heute Abend gemeinsam Essen gehen und es uns danach bei mir etwas, sagen wir, gemütlich machen?«

Schnappatmung!

Ein klarer Fall von Schnappatmung. Rote Schleier. Nein, rosa, es waren rosa Schleier vor meinen Augen. Hinsetzen. Ich musste mich unbedingt hinsetzen. Rauch. Ich schmeckte Rauch, ihre rauchige Stimme.

»Tino? Bist du noch dran Tino?«

»Ich, ich ...«, was sollte ich nur antworten? »Ich kann heute Abend leider nicht Madlen.«

Schwang da etwa ein wenig Schärfe in ihrer Stimme mit?

»Wie du kannst nicht?«

»Nun ja, heute kommt doch dieser neue Tatort im Fernsehen ...,« lüge um dein Leben Tino, war mein Gedanke »also, wenn wir das verschieben könnten Madlen ...«

Ich rechnete mit einem Wutanfall, aber für solch eine banale Schwäche war Madlen viel zu clever und gewieft.

Nach meiner Erfahrung bekamen Frauen erst Wutanfälle, wenn sie sich sicher waren, ihren kleinen Schützling fest im Griff zu haben. Dann allerdings konnten sie sich, je nach Temperament der Holden auch schon mal häufen.

»Na schön Tino, wenn du einen Tatort im Fernsehen einem richtigen Tatort vorziehst, will ich dir deinen Krimi nicht vermiesen. Also morgen Abend dann. Du kannst mich um acht Uhr bei mir zuhause abholen.«

Sie legte auf, ohne meine Antwort abzuwarten. Irgendwie hatte ich das Gefühl, das sie gerade vor Wut kochte. Eine längere, festere Beziehung mit ihr könnte kompliziert werden ahnte ich.

Ich der einsamste Hausmeister der Welt, oder wenigstens im näheren Umkreis meines Viertels, hatte zwei Verabredungen mit zwei aufregenden Frauen an zwei aufeinanderfolgenden Abenden. Konnte das mit rechten Dingen zugehen? Konnte das Zufall sein?

Nun weiß man ja, das Frauen wahre Meisterinnen der nonverbalen Kommunikation sind. Frauen brauchten nicht miteinander zu reden um sich sofort zu verstehen. Warum sie trotzdem andauernd plapperten, habe ich nie verstanden.

Aber ich bin ja ein Mann, ich darf verständnislos sein. Jede Frau sieht es einem Mann nach, wenn er wieder einmal nichts versteht, außer natürlich bei schnell gebellten Befehlen. Da verstehen Frauen keinen Spaß. Parieren muss er schon, sonst wäre ja die ganze, ach so mühsame Erziehung für die Katz` gewesen.

Schnell lief ich ins Bad und stellte mich vor dem Spiegel auf. Keine Veränderung auf den ersten Blick seit gestern. Jedenfalls keine Positive.

Was konnte also eingetreten sein, dass ich auf einmal, mit einem Schlag, so anziehend auf Frauen wirkte? Ich hastete zum Fenster im Wohnzimmer und schaute hinaus. Nein, da stand kein Porsche auf meinem Parkplatz, nur der traurige Anblick eines abgehalfterten Opels traf mein Auge.

Telefon.

Klingelte da mein Telefon? Ja, es klingelte, es war keine Einbildung.

Feindseligkeit stieg in mir hoch. Konnte man Telefone hassen? Verabscheuen? Warum war ich plötzlich so aggressiv meinem Telefon gegenüber, es hatte die Verbindung mit zwei Wahnsinnsfrauen doch erst ermöglicht? Dankbarkeit sollte ich verspüren.

Aber irgendetwas bimmelte da in meinem Kopf.

Ach ja, das Telefon.

»Tino Pieper, hallo?«

»Hi, Layla hier.«

»Layla. Hallo Layla lalala ...«

»Bist du betrunken Tino?«

Es bimmelte und bimmelte in meinem Kopf. Layla, die schöne, blonde Polizeihauptmeisterin. Wir hatten etwas gemeinsam, nämlich den Meister in der Berufsbezeichnung.

»Nein Layla, ganz und gar nicht. Ich bin nur etwas durcheinander, ich glaube, der Zucker im Kaffee war schlecht.«

»Ich denke eher, man hat dem Affen zu viel Zucker ins Hirn geblasen. Was machst du heute Abend? Ich baue Überstunden ab und habe heute und morgen frei.«

Mein Gott! War da vielleicht Telepathie im Spiel. Ich wusste, dass die Amerikaner, ich glaube in den fünfziger Jahren, Experimente in dieser Sache veranstaltet hatten. Sie erhofften sich dadurch entscheidende Vorteile bei der Nachrichtenübermittlung von ihren Spionen.

Sollten sich etwa drei Frauen ...?

»Ja weißt du Layla ...«

»Ich weiß ja vieles Tino, aber nicht, was gerade in deinem Kopf vorgeht.«

Ich rechnete blitzschnell nach. Heute war Sonntag, morgen war Montag, übermorgen war Dienstag. Ja Dienstag, richtig. Heute Nora, morgen Madlen.

»Dienstag, ja am Dienstag da könnte ich Layla.«

Die Ruhe vor dem Sturm. Ich saß noch sicher im Auge des Hurrikans. Noch, aber das würde sich ganz schnell ändern vermutete ich. Ich vermutete richtig. Ich war schlau.

»Sag einmal Herr Hausmeister, tickst du noch richtig? Jetzt rechnen wir beide mal ganz schnell nach ja? Ich sprach von zwei Tagen Tino. Von zwei Tagen! Nicht von drei Tagen. Kapiert? Heute ist Sonntag, mein erster freier Tag. Morgen Tino, hörst du mir gut zu? Morgen, ist Montag, mein zweiter freier Tag. Übermorgen, Tino sperr gefälligst deine

Lauscher auf, übermorgen ist Dienstag und kein freier Tag mehr. Also, bleiben uns nur heute oder morgen. Verstanden Schätzchen?«

Wohin? Wohin nur, wo war das Loch im Boden? Wo tat sich gnädig für mich die Erde auf?

Vielleicht sollte ich schnell und zügig einen Kurzurlaub in der Schweiz buchen? Die waren ja neutral. Die hatten mit Kriegen nichts am Hut. Dort wäre ich ganz oben auf den Bergen sicher. Warum fiel mir gerade nicht ein, wo der höchste Berg in der Schweiz war und wie er hieß? Ich war verloren. Ganz sicher war ich verloren in einem magischen Dreieck von Frauen.

Die Schlinge zog sich gnadenlos zu und ich spürte, das es kein Erbarmen für mich geben würde. Jedenfalls nicht jetzt, nicht hier am Telefon. Nicht von Layla, nicht von Madlen und auch nicht von Nora.

Wie hieß das noch beim Schachspiel? Eine Rochade, ja. Man macht einen Doppelzug und tauscht König und Turm. Die einzige Möglichkeit meiner

Rettung, die ich sah, war die Termine zu tauschen.
Madlen und Layla, Montag und Dienstag.

»Hilfe Layla, ja ich habe verstanden. Am Montag also, einverstanden?«

»Okay, ich hole dich morgen um acht Uhr ab. Und sei mir ja pünktlich zuhause.«

Aufgelegt.

Meine Gedanken ratterten nur so in meinem Kopf herum. Wie machte ich Madlen nur klar, dass ich unsere Verabredung von Montag auf Dienstag verschieben wollte? Ich hatte ihr ja mit einer Notlüge schon den heutigen Abend abgesagt. Ich musste improvisieren.

»Hallo Madlen.«

Der Telefonhörer knisterte wie heiße Glut in meiner Hand.

»So schnell schon Tino? Möchtest du den Tatort doch verlegen mein Lieber? Kein Problem, ich habe Zeit.«

»Ja weißt du, mir ist da gerade etwas eingefallen. Montag Abend ist doch dieses Fußballspiel und das

wird live übertragen. Könnten wir unsere Verabredung auf Dienstag Abend verschieben?«

Das Knistern wurde zum Prasseln und aus der heißen Glut wurde ein Feuersturm. Ich hielt den Hörer
jetzt mit beiden Händen.

»Ein Fußballspiel! Du versetzt mich wegen eines
Fußballspiels?«

»Ach bitte Madlen, es geht doch nur um einen Tag.
Sieh das doch mal so, die Vorfreude währt länger.«

Ich wand mich wie ein Wurm, der versuchte dem
Stiefelabsatz zu entkommen.

»Na gut Tino. Aber ich bestehe darauf, dass das
Vorspiel genau so lange dauert, wie die Vorfreude.
Es bleibt bei der Uhrzeit und wehe du machst
schlapp. Tschau mein Lieber.«

Gerettet! Doch wovor eigentlich? Ich steckte mitten drin in diesem magischen Dreieck und hatte
immer noch keinen blassen Schimmer, wieso eigentlich. Warum drängten drei Frauen auf ein
Abendessen mit mir? Eigentlich sollte sich jetzt
der Detektiv in mir regen, aber es ist wie mit dem

Blinddarm, den nimmt sich der Arzt auch nicht selber raus.

Ich musste raus aus der Wohnung. Musste flüchten vor dem Telefon, ehe es wieder bimmelte. Ich wollte zu Julio in den Kiosk und nahm vorsichtshalber und gegen meine Gewohnheit mein Handy nicht mit.

»Siehste mitgenomme aus Hausmeistärr. Zuviel Frau nicht gut für Gesundeheit, oderr lange Partynachte?«

Julios italienischer Mafiahumor war nicht immer hoffähig. Aber im Moment war ich für jede Abwechslung dankbar.

»Gib mir bitte einen Milchkaffee Julio. Etwas Neues hier bei uns?«

Die Maschine hinter Julio ratterte und schnaufte, als würde sie Blei zu Gold verwandeln wollen, ehe sie diese Unmöglichkeit einsah und dann doch lieber einen Milchkaffee produzierte.

Es bimmelte in meinem Rücken und ich erschrak heftig, doch es war nur die Ladentür, die aufging.

»Hallo Möbelpackärr, biste früh heute, isse doch Sonntag. Keine Frau im Bettchän gehabte?«

Neben mir setzte sich tatsächlich Torsten Kröll auf einen Hocker am kleinen Tresen. Der fehlte mir gerade noch, aber wohin? Standhaft blieb ich sitzen und schlürfte an meiner heißen Tasse.

»Laber nicht rum und mach mir einen Espresso Julio. Tach Herr Hausmeister, Sie sehen ganz schön mitgenommen aus, lange Nacht gehabt, zu viel gefeiert?«

Ich sah in das grobschlächtige, einfältige Gesicht und wunderte mich, das aus diesem Mund richtige Sätze herauskamen.

Julio kam mit dem Espresso, den die Maschine mühsam hergestellt hatte, wie mir ihr erschöpftes Zischen und Dampfen verriet.

»Du brauchst bald eine neue Maschine Julio, die wird es nicht mehr lange machen.«

»Ache Möbelpackärr die wird lebe, so lange wie Julio lebe. Isse richtige Mafiosoespressomaschinä, zähe und nich kaputtbar. Wirrse sehe.«

213

»Sagen Sie mal Herr Hausmeister, wann kommt denn die neue Kiste? Die Alte wird es ja nicht mehr lange machen.«

Verdutzt starrte ich Kröll an.

»Reden Sie von meinem Auto Herr Kröll? Das hat noch ein Jahr TÜV und mein Gehalt reicht bei weitem nicht für ein neues. Vielleicht nehme ich mir ja einen Kredit auf. Bei Ihnen vielleicht? Die Möbelpacker-Geschäfte laufen doch gut, oder?«

Er lachte laut und hässlich auf und legte mir seine Pranke auf meinen Unterarm.

»Sie haben wohl Schiss vor der Verwandtschaft. Hätte ich an Ihrer Stelle auch. Immer schön auf dem Boden bleiben und den Ball flach halten. Richtig so. Wenn Sie einen dankbaren Erben suchen, hier bin ich und stehe gerne zur Verfügung. Ich habs in letzter Zeit sowieso mit dem Kreuz, der Job bringt einen um.«

Torsten Kröll sprach für mich in delphischen Rätseln.

»Wovon reden Sie die ganze Zeit Herr Kröll?«

Julio mischte sich ein.

»Ja, wovon reden der Möbelpackärr. Julio will wissen?«

Kröll kratze sich hinterm Ohr und sah mir grinsend ins Gesicht.

»Vor mir müssen Sie nichts vertuschen, Herr Hausmeister. Stand doch gestern alles auf Seite sechs im Regionalteil vom Blitzkurier. Über Nacht vom Hausmeister zum Multimillionär. Hausmeister aus der Region gewinnt im Lotto zwölf Millionen Euro. Nicht gelesen Julio?«

Julio sah erst Torsten Kröll und dann mich staunend an.

»Multimillionärr, zwölf Milliönä«, sagte er mit lang gezogenem Atem, »Oh Madonna, isse hier Multimillionärr bei gute Julio. Lasse dich Küsse Hausmeistärr, biste du gute Freund von Julio.«

Mir reichte es. Ich warf ihm ein zwei Eurostück auf den Tresen.

»Stimmt so«, sagte ich und ging.

Hinter mir hörte ich Julio schimpfen.

»Hatte zwölf Millionä und gibte mir zwanzig Cente Trinkgeldä. Scheiße Deutsche, alles Geizekrägä.«

Auf der Straße holte ich so tief Luft, bis mir die Lungen platzen wollten. Das Blut stieg mir in den Kopf und ich atmete langsam und ganz bewusst aus.

Ich spielte gar kein Lotto und somit konnte ich auch nicht über zwölf Millionen Euro aus einem Gewinn verfügen. Aber wer wusste das schon?

Das also war die telepathische Verbindung des magischen Dreiecks. Geld, sehr viel Geld, machte sogar einen Hausmeister mit schmutzigen Fingernägeln, überaus attraktiv und begehrenswert.

Jetzt hatte ich drei Rendevous hintereinander und man erwartete sicherlich von mir, dass ich als Neumillionär die Rechnungen übernehme. Das würde ganz schön teuer werden und die Milliönchen könnte ich jetzt ganz gut gebrauchen, auch für die Trinkgelder die man selbstverständlich von mir erwarten würde.

Doch was sollte ich jetzt mit den drei Grazien anfangen? Ihre Erwartungshaltungen und Absichten waren mir völlig klar. Jede von ihnen würde mich verführen und an sich binden wollen. Und das alles nur, weil sie spekulierten.

Warum behielt ich nicht alle drei für ein kleines Weilchen, bis der Schwindel aufflog? Aber welcher Schwindel eigentlich?

Hm Tino, mach dir eine schöne Zeit, dachte ich bei mir.

Das Straßenfest

Ich konnte mich nicht erinnern, dass während meiner Tätigkeit als Hausmeister hier im Viertel jemals ein Straßenfest stattgefunden hatte. Es war nicht einmal von irgendwem angedacht worden hier im Viertel so etwas zu veranstalten.

Die Kulturen, die hier zusammenlebten, waren einfach viel zu unterschiedlich.

Aber dieses Jahr sollte sich das ändern.

Ganz gewaltig ändern sogar.

Doch der Reihe nach.

Vor ungefähr einem viertel Jahr, also im November, oder Anfang Dezember im letzten Jahr, erreichte mich in meinem Achtzigerjahre-Büro ein Anruf.

»Mechthild Kornschmitt am Apparat. Spreche ich mit dem Hausmeister Tino Pieper?«

»Ja Frau Kornschmitt, das tun Sie. Was kann ich für Sie tun?«

Der Stimme nach zu urteilen, hatte ich es mit einer resoluten und durchsetzungsfreudigen Frau in den mittleren Jahren zu tun.

Ende Vierzig schätzte ich sie optimistisch.

»Herr Pieper, ich beabsichtige ein Straßenfest, hier in unserem Viertel zu organisieren. Das ist ja auch längst überfällig. Gäbe es von Ihrer Seite etwas dagegen einzuwenden?«

Die Frage hinsichtlich eines Einwandes meinerseits und ein Tonfall, der seinerseits Widersprüche nicht gewohnt zu sein schien, ließ mich heftige Konflikte erahnen, sollte ich nicht so spuren wie die Dame es wollte.

Also war ihre Frage rein rhetorischer Natur und ihr Vorhaben schon beschlossene Sache und nicht verhandelbar. Mit Menschen dieses Schlages konnte es niemals einfach werden, war meine Erfahrung und wenn solche Typen Feste organisieren wollten, dienten diese oft nur dem Zwecke der Selbstdarstellung und der Erhöhung der eigenen Person und ihrer Eitelkeit.

Schon diese Erkenntnis und die Stimme, die Kratzigkeit vermittelte, stimmte mich nicht optimistisch und schon gar nicht motiviert und frohgemut.

Auf der einen Seite war ich der Ausrichtung eines Straßenfestes hier im Viertel gegenüber nicht ablehnend eingestellt. Sollten sich unsere Mieter meinetwegen ruhig untereinander kennenlernen, sich beschnuppern, Spaß haben und vielleicht auch Freundschaften schließen.

Auf der anderen Seite kannte ich eine nicht geringe Anzahl unserer Mieter, die sich aus vielen Kulturen, Herkünften und unterschiedlichsten Biografien zusammensetzte, das manchmal das Gefühl in mir breit wurde auf einem Pulverfass zu sitzen.

Diese multikulturelle Vielfalt, die auch von verschiedensten Temperamenten geprägt war, wollte diese Teutonin mit offensichtlichem Hang zur Unterjochung anderer bald mit einem Straßenfest zur Glückseligkeit führen?

Jetzt war es Mitte April, ein unfreundlicher Montag, was das Wetter betraf und ich hatte Mechthild

Kornschmidt und ihr Straßenfest tief im Nirwana meiner organischen Festplatte abgelegt, als mein Telefon bimmelte.

An Montagen bimmelte mein Telefon im Büro immer ganz gerne. Meistens ging es um verstopfte Abflüsse oder im Winter um eine ausgefallene Heizung, oder das Treppenhauslicht ging nicht an, weil eine Sicherung durchgebrannt war.

Das alles war es aber nicht, nein, es war schlimmer.

»Mechthild Kornschmidt am Apparat. Habe ich Sie dran Herr Hausmeister? Sie erinnern sich an mich und unser letztes Telefonat?«

Ihr Kasernenton weckte Aufruhr in mir und ich musste an mich halten um nicht zurückzublaffen. Stattdessen erinnerte ich mich meiner Strategie der Deeskalation mittels Humor, Ironie und notfalls auch mit Sarkasmus..

»Aber ja liebe Frau Kornschmidt. Ich hatte Sie schon vermisst. Was kann ich für Sie tun?«

»Wieso vermisst?«

Kam es schnippig vom anderen Ende der Leitung. »Ich erinnere mich überhaupt nicht, schon einmal irgendetwas mit Ihnen zu tun gehabt zu haben. Und unterlassen Sie bitte diese Anbiederei, lieb bin ich nur zu meinen Enkeln. Zurück zur Sache bitte, es geht um das Straßenfest im Juli.«

Das waren schon zwei ordentliche Ohrfeigen, die sie mir da verpasst hatte. Aber ich war ganz gut im Einstecken, eine Eigenschaft die man sich als Hausmeister schnellstens zulegen sollte, ansonsten hatte man den Beruf verfehlt.

»Ah ja, das Straßenfest«, gab ich mich kurz angebunden.

»Meine christlichen Schwestern, der Herr Pfarrer und ich ...«

Schnell unterbrach ich sie erschrocken. Christliche Schwestern und ein Pfarrer? Das hörte sich für mich gar nicht gut an.

»Frau Kornschmidt, es war damals nicht die Rede von einem glaubensmotivierten Straßenfest. Oder habe ich etwas missverstanden?«

Ein Räuspern, das wohl aufkommenden Zorn unterdrücken sollte.

»Junger Mann, jetzt hören Sie mir einmal gut zu. Der Pfarrer hat schon mit den zuständigen Behörden einvernehmen erzielt. Ihre Firma ist auch schon informiert. Der Termin steht für den 15. Juli fest. Wenn Sie etwas gegen Christen haben, ist das Ihre Sache. Wir wollen mit diesem Straßenfest unsere uneingeschränkte Nächstenliebe bezeugen und jeden Willkommen heißen, daran mitzuwirken.«

Nun bin ich selbstredend für die Religionsfreiheit. Soll doch jeder so leben, wie er wollte, nur nahm ich diese Freiheit auch für mich in Anspruch.

»Bitte Frau Kornschmidt, wenn Sie schon alles in die Wege geleitet haben, wünsche ich Ihnen viel Erfolg. Allerdings, was habe ich jetzt mit Ihrer Veranstaltung zu tun? Ich bin hier der Hausmeister und nicht der Eventmanager.«

Wieder dieses Räuspern.

»Herr Pieper, richtig? Nun wir rechnen selbstverständlich mit Ihrer tatkräftigen Unterstützung. Wer soll denn die ganzen Tische, Stühle und was wir noch so alles für die Ausrichtung brauchen, aufbauen?«

Aha, daher wehte also der Wind. Die brauchten einen Hilfsburschen für die Hardware und hatten mich ganz nebenbei als Roadie für das Geschleppe eingeplant.

Na warte Schwester.

»Frau Kornschmidt, ich habe in meinem Leben noch niemals Steuern hinterzogen und ich beabsichtige, auch in Zukunft mich in solcher Sache nicht strafbar zu machen.«

Da hast du deine beiden Ohrfeigen zurück, frohlockte ich.

»Wovon reden Sie da? Was für Steuern? Ich verstehe nicht ...?«

Es fing gerade an, mir teuflich Spaß zu machen.

»Da bin ich aber froh Frau Kornschmidt, das Sie mich nicht in Schwierigkeiten bringen wollen. Mit solchen Gewissensbissen könnte ich nämlich nicht leben und ich weiß nicht, ob ihr Pfarrer, wenn ich

bei ihm beichten müsste, auch in Steuerstrafrechts-
sachen die Absolution erteilen kann.«

Es schien ihr zu dämmern.

»Reden Sie etwa von Geld junger Mann? Wie
kommen Sie nur darauf? Wir betrachten Ihre Hilfe
selbstredend als christlichen Beitrag zum Gelingen
unseres ...«

»Verstehen Sie unter christlichen Beitrag etwa eine
kostenlose Dienstleistung Frau Kornschmidt? Da
muss ich Sie leider enttäuschen. Wie ich schon erwähnte, bin ich Hausmeister und für Straßenfeste
nicht zuständig und meine Freizeit habe ich bisher
auch ohne Straßenfeste bisher gut verbracht. Versuchen Sie es doch einmal beim Torsten Kröll, der ist
Möbelpacker von Beruf und ist im Schleppen und
Aufbauen ganz der Profi. Das wird aber nicht billig
werden, aber wie ich ihn einschätze, arbeitet der
nebenbei bestimmt auch schwarz und Sie könnten
die Mehrwertsteuer einsparen. Viel Glück Frau
Kornschmidt.«

Ich legte auf.

Keine zehn Minuten später klingelte der Apparat wieder.

»Rebecca hier, Tino hast du gerade mit einer Frau Kornschmidt telefoniert?«

Rebecca Sanches, eigentlich zuständig für Neumieterangelegenheiten sprach leise in ihren Hörer, fast flüsterte sie.

»Diese christliche Betschwester? Klar, die wollte mich gerade für ihr Straßenfest einspannen«, antwortete ich.

»Du hast Glück, diese Woche bin ich die Vertretung unserer Vorstandssekretärin und mache den Telefondienst. Also, diese Kornschmidt wollte unbedingt jemanden vom Vorstand sprechen. Sie beklagte sich über Unverschämtheiten von dir und verlangte deine sofortige Entlassung, da sie sich als praktizierende Christin von dir diskriminiert fühlt.«

Gab es da nicht den Aspekt der Nächstenliebe bei den Christen und hatte sie ihn nicht selbst erwähnt? Den hatte ich von Anfang an nicht bei Mechthilde Kornschmidt gespürt. Und jetzt wollte sie obendrein auch noch meine Entlassung veranlassen, dass ich meinen Job verliere. Nun ja, bei soviel praktizierter Nächstenliebe wollte ich ganz und gar nicht wissen, wie es wohl wäre, wenn sie das Gegenteil von ihrer Liebe verteilen sollte.

»Also Rebecca, wenn die sich diskriminiert fühlt, nur weil ich nicht freudig und kostenlos für sie und ihr Straßenfest schuften will, und das obendrein auch noch als unverschämt von mir erachtet, dann kann sie das gerne dem Vorstand berichten.«

»Tino, vergiss bitte nicht, dass wir mit Dr. Umblicker einen neuen Vorstandsvorsitzenden haben, der sich noch etablieren will. Und wenn da eine Horde Christinnen und obendrein noch der Pfarrer bei ihm anklopfen und sich über dich beschweren, dann weiß ich nicht wie er reagieren wird.«

Da war natürlich etwas dran, dachte ich über die Situation nach. Immerhin war ich ja hier nur der Hausmeister und somit das kleinste Rädchen in der Unternehmenshierarchie. Auf der anderen Seite reagiere ich allergisch darauf, wenn man mich zu etwas zwingen will, das ich für mich persönlich ablehnte.

»Rebecca, ich halte es für das Beste, wenn wir die Sache einfach im Sande verlaufen lassen. Wenn die noch mal anruft, sage doch einfach, dass du ihr Anliegen an die zuständige Stelle weitergibst. Man ansonsten aber abwarten müsse. Du wirst sehen, die wird so mit der Organisation des Festes beschäftigt sein, dass die gute Frau Kornscheidt gar keine Zeit mehr finden wird, der Angelegenheit weiter nachzugehen. Die haben nur noch knappe drei Monate Zeit.«

»Meinetwegen, na gut ich werde die Dame vertrösten und hoffe, das da kein Nachspiel kommt. Tschüss Tino.«

Gute Rebecca, dachte ich bei mir und steckte den Kopf ganz tief in den Sand.

Der April, der Mai und der Juni vergingen und ich hatte nichts mehr von Mechthilde Kornscheidt gehört. Sie schien sich entschlossen zu haben, sich wichtigeren Dingen als meiner Entlassung zu widmen und auch ich vergaß diese christliche Schwester mit der Nächstenliebe einer Hyäne.

Der 13. Juli fiel nicht auf einen Freitag, was viele der Abergläubischen beruhigte. Es war Donnerstag und ich bemerkte ein emsiges Treiben in meinem Viertel. Überall wurden lange Reihen von Tischen aufgestellt und einige hübsche, kleine Holzbuden notdürftig zusammengehämmert. Es wurde mit viel Plüsch und Kitsch dekoriert und überall sah ich kleine und größere Kruzifixe aufgehangen oder aufgestellt.

Natürlich, das christliche Straßenfest, fiel mir ein. Am Samstag sollte es ja steigen. Ich hatte es vor lauter Sand in meinen Augen und Ohren schon ganz vergessen. Niemand hatte sich in dieser Sache noch einmal bei mir gemeldet, Rebecca schien mir gute Arbeit geleistet zu haben.

Plötzlich entdeckte ich unter den emsig hin- und hereilenden Menschen, die meist maskuliner Natur waren, Torsten Kröll, schwer beladen mit einem langen Holztisch auf dem Rücken.

»Hallo Herr Kröll«, sprach ich ihn spontan an, »so schwer am Placken heute?«

Ächzend und schwer atmend, mit vor Anstrengung hochrotem Kopf stellte er den Tisch vor sich ab.

»Seien Sie mal nicht so ironisch Herr Hausmeister. Diese Weiber scheuchen einen von hier nach da und wieder zurück. Von einer gepflegten Kaffeepause halten die auch nichts.«

Ich muss gestehen, dass dieser schnaufende Möbelpacker mir keinen Deut leid tat und ich meine Lust auf Ironie in höchsten Sarkasmus zu steigern gedachte.

»Aber Herr Kröll, wer wird den gleich in die Luft gehen? Immerhin tun Sie doch ein gutes Werk. Was zahlen Ihnen die christlichen Damen denn so? Haben Sie einen guten Stundenlohn oder einen fantastischen Festlohn ausgehandelt?«

Er schaute mich so verständnislos an, wie es nur ein Torsten Kröll tun konnte.

»Wieso Lohn? Glauben Sie etwa, ich bekomme für das, was ich hier tue Geld?«

»Sie wollen mir sagen, dass Sie aus christlicher Nächstenliebe für die Damen und den Pfarrer malochen? Herr Kröll, so viel Demut hätte ich Ihnen wirklich nicht zugetraut. Meinen Respekt haben Sie.«

Zorn blitze in seinen Augen auf und seine Gesichtsmuskeln spannten sich an.

»Wissen Sie was Herr Hausmeister, ich hatte ganz vergessen, das ich ja Katholik bin, bis diese Amateurnonnen mich aufklärten und in die Mangel nahmen. Nee mein Lieber, gegen neun von denen hat man keine Chance. Auch Sie nicht Herr Hausmeister.«

Das Gespräch machte mir riesigen Spaß und ich wollte unbedingt noch etwas mehr Öl ins Feuer gießen.

Solch einen günstigen Moment für späte Rache findet man selten wieder und ich hatte nicht vergessen, dass er mir damals Nora vor meinen Augen wegnahm, nachdem er *meine Idee* mit dem Außenaufzug umgesetzt hatte.

»Also Herr Kröll, bei mir haben die es auch versucht, aber keinen Erfolg gehabt. Viele Frauen auf einem Haufen haben ja immer tolle Ideen, für die sie dann ein paar Deppen suchen, die für sie umsonst die Arbeit machen.«

Torsten Kröll wollte mir mimisch mitteilen, dass er sich in einem Gedankenhoch befand und grinste plötzlich schlau, oder jedenfalls so ähnlich.

»Na ja Herr Hausmeister, so ganz ohne Lohn gehe ich aus dieser Sache ja nicht raus.«

» ...ach?«

»Schon mal was von Ablass gehört?«

»Ja schon, ist aber schon etwas länger her mit dem Ablasshandel und billig waren diese Papierchen auch nicht.«

»Pah, kriege ich alles umsonst. Wenn ich hier fertig bin, habe ich so was von einer weißen Weste, dass jedes Neugeborene wie ein Schwerstverbrecher neben mir aussieht.«

»Ach was? Und das bekommen Sie auch schriftlich, so zum einrahmen?«

Er spukte in die Hände und nahm den Tisch wieder hoch.

»Das Wort vom Pfarrer genügt mir, ist ja schließlich ein Stellvertreter Gottes.«

»Ja, dafür halten sich nicht gerade wenige. Tschüss Herr Kröll und viel Vergnügen beim Beichten.«

Kröll wollte sich gerade von mir abwenden, als eine kreischende Stimme, hinter ihm wie eine Kreissäge loslegte.

»Was stehen Sie da so herum Herr Kröll? Ich dulde keine Faulenzerei während der Arbeit. Los ab jetzt, nun machen Sie schon hin, es warten noch viele Tische auf Sie.«

Der arme Kröll trollte sich und nun bekam ich die Aufmerksamkeit der Sklaventreiberin zu spüren.

»Und? Wer sind Sie, der meine Arbeiter von ihren Pflichten abhält?«

Diese Frau, bemerkte ich, konnte gar nicht anderes mit ihrer Stimme anfangen, als zu kreischen. Eine Nervensäge auf zwei spindeldürren Beinen, die farblose Bluse bis zum Hals zugeknöpft.

233

»Oh, ich bin nur der Hausmeister hier und Herr Kröll ist einer unserer Mieter. So gesehen bin ich gerade einer meiner Aufgaben nachgekommen. Mieterpflege, verstehen Sie?«

Ihre Strichlippen kniffen sich zusammen und die Augen wurden chinesisch, als sie sich verengten. Ihr Tonfall wurde schnippisch.

»Sie sind also dieser Pieper. Ich habe schon von Frau Kornschmidt von Ihnen gehört und was ich gehört habe, hat mir ganz und gar nicht gefallen.«

»Och, das tut mir jetzt aber sehr leid Frau ...? Man möchte doch bei so selbstlos, den Nächsten liebenden Frauen nicht im schlechten Licht erscheinen. Immerhin könnten Sie ja für meine Abfahrt in die Hölle plädieren.«

»Sie unverschämter Kerl Sie! Bei Ihnen plädiere ich nicht, sondern bestehe darauf und zwar ganz entschieden.«

Sie stampfte mit einem Fuß auf, spukte mir vor die Füße und entfernte sich vor sich hin zetternd mit energischen Schritten.

Ob die wohl mit einem irdischen Mann verheiratet war? Wenn ja, musste dieser Mensch den Masochismus erfunden haben. Jedenfalls war sie für mich der Typ Frau, die nur mittels künstlicher Befruchtung schwanger werden konnte, eine andere, natürliche Möglichkeit hätte sie nur in einem Taubstummen-Blindenheim finden können.

Samstag.

Ich hatte ausgeschlafen und mein Wecker, dem ich an Wochenenden immer frei gab zeigte mir Neunuhrdreißig an. Zeit aufzustehen und ans Frühstücken zu denken.

In der Küche, mit einer Tasse Kaffee in der einen und einem Salamibrot in der anderen Hand, sah ich versonnen aus dem Fenster. Der beginnende Tag gab sich halbschattig und hatte sich noch nicht entschieden, welches Wetter er präsentieren wollte.

Ach ja, es war Straßenfesttag.

Ich beschloss, mein Frühstück zu beenden, mich alltagstauglich anzuziehen und zu sehen, wie sich das Straßenfest entwickeln würde. Nicht etwa dass ich den veranstaltenden Damen einen Misserfolg gönnte, aber neugierig war ich schon.

Ich betrat also den Gehweg und machte mich auf zu meiner beobachtenden Wanderschaft durch mein Viertel.

Überall standen dekorierte Tische mit allerlei Waren darauf platziert. Es wurden selbst gemachte Kuchen und Torten mit Erdbeeren, Pflaumen, Mandarinen, Pfirsichen und vieles mehr angeboten. Kleine, aufgestellte Pappkärtchen verrieten die Preise je Stück vom Kuchen oder der Torte. Geschäftstüchtig waren die Damen ja, wie ich feststellte. Unter sechseurofünfzig war von den Leckereien nichts zu bekommen.

An anderen Tischen wurden die unterschiedlichsten Bastelarbeiten feilgeboten. Dann gab es Kleidung aus zweiter oder dritter Hand. Ein anderer Tisch war voll beladen mit Devotionalien wie Rosenkränze, einfache Kreuze in verschiedenen Größen, als Anhänger mit Kette oder um sie an die Wand zu nageln, aufwendig gefertigte Kreuze mit

einem leidenden Christus darauf, kleine und größere Christus- und Marienbilder, Statuetten aus Bron-
ze oder versilbert oder vermessingt, Weihnachts-
krippen für unter den Tannenbaum oder zum Zu-
sammenklappen für die Handtasche und so weiter
und so fort.

Wie bei den Kuchen und Torten, waren auch hier
die Preise ganz unbescheiden kräftig gesalzen und
auf diese Pappkärtchen gemalt. Wenn das alles
heute tatsächlich verkauft würde, rechnete ich
hoch, hätte der Großdiscounter in dem Beata, die
Mutter der kleinen Maria, an der Kasse arbeitete,
traurige Umsatzwochen vor sich. Dann wären die
Mieter hier pleite und Kühlschränke und Brotkörbe
blieben leer.

Alle diese Verkaufsstände wurden von streng bli-
ckenden Frauen mit hochgeschlossenen Blusen bewacht. Die Geldkassetten vor ihnen auf den
Tischen waren mit kleinen Ketten aus Edelstahl an
den Tischbeinen befestigt. Daneben standen kleine
Fläschchen, auf denen *Pfefferspray* stand, manche

der Damen hatten auf dieses Mittel verzichtet und trugen offen an der Hüfte Gaspistolen, die man mit einem kleinen Waffenschein erwerben durfte.

Auf der Heinrichstraße hatte man eine Holzbühne aufgebaut. Uniformierte Frauen und Männer der Heilsarmee standen und saßen mit ihren Instrumenten darauf und warteten auf Zuhörer und Fans, die ihre Ohrwürmer zu schätzen wussten und bereit waren, die Spende von fünf Euro pro Person für jeden von ihnen gespielten Hit zu entrichten. So stand es auf einer großen, mobilen Schultafel.

Mir wurde klar, umsonst war hier nix. Die Kirche hatte oder wollte hier nichts verschenken.

Neben der Bühne hatten sich, gerade als ich weitertraben wollte, zwei Frauen der Zeugen Jehovas mit ihren *Wachtürmen*, dieser überaus auflagenstarken, beliebten Publikumszeitschrift, im Windschatten aufgestellt um auch etwas Geld zu verdienen, was sie ja uneigennützig tun wollten, da sie den eingenommenen Zaster ja unverzüglich abzuliefern hatten.

Doch sie hatten nicht die geringste Chance auf Umsatz und mussten das Feld flugs und eilends räumen, als die Heilsarmisten drohend in Stellung und dann in ihre Schlachtordnung gingen. Mit dem Gesocks hatten sie nichts am Hut und machten zur Not kurzen Prozess mit diesem Pöbel.

Alles war von fleißigen und kostenlosen Helfern wie dem Kröll bereitet um ein grandioses, alles übertreffendes Event, ein Straßenfest amerikanischer Größenordnung zu werden. Allein die Besucher, die mit den lockeren Geldbörsen, die Sinnsuchenden, die zu Bekehrenden, fehlten noch.

Niemand, außer mir und den christlichen Geldeintreiberinnen war auf den Straßen. Kein Mensch stand vor den mühevoll aufgebauten und dekorierten Verkaufsständen und kaufte die Tische mit den kitschigen Devotionalien leer. Keine Frau, kein Mann und schon gar keine quengelnden Kinder wollten vom Naschwerk kosten und für ein Stück Käsekuchen lächerliche sechseurofünfzig berappen.

Wo waren sie nur, die so sehnlichst erwarteten Menschenmassen, die gefälligst alles Leerkaufen und den Umsatz ankurbeln sollten? Die saßen, wie ich vermutete Zuhause vor ihren Radios und Fernsehern und warteten die Großwetterlage für diesen Samstag ab.

Das wollte ich jetzt auch gerne tun und machte mich zum Kiosk von Julio auf.

»Allo Hausmeistärr, Kaffee oder Espresso eh?«

»Wie immer Julio, einen Milchkaffee bitte.«

Julio drehte sich zu seiner Maschine um, die wie immer lärmend protestierte, als er sie anstellte und zum Brühen aufforderte.

»Nixe losse auf de Straße eh? Leute keinen Bock aufe Nonnen.«

»Bei den Preisen, die die aufrufen, kein Wunder.«

»Ja die Christe, nixe umsonste gebe. Musse ich hier Kirchesteuer zahle. In Italien nixe Steuer. Gebbe Spende wenn ich hab, sonste nixe.«

Wie aus dem Nichts. Ein Donner. Ein Blitz.

»Olala, isse Gewittärr.«

»Ja scheint so Julio, ein Gewitter. Wenn es jetzt noch regnet ...?«

Es kam ein heftiger Wind. Sturmböen speisten sich ein. Dann wurde es weiß. Hagelkörner, so groß wie Tischtennisbälle knallten von oben herab, hüpften auf den Straßen auf. Blitze und Donner wiederholten sich. Tischdecken, dann eine Weihnachtskrippe flogen an Julios Schaufenster vorbei. Heilsarmisten desertierten und liefen davon.

Julio verschloss blitzartig die Eingangstür des Ladens.

»Die da komme hier niche rein. Kaufe nix und mache nur Bodde nass. Geschlosse. Basta!«

Das Unwetter wurde stärker, der Sturm noch heftiger. Jetzt wurden auch Tische und Buden in die Lüfte gehoben und tanzten zu einer imaginären Melodie, die nicht von den Heilsarmisten komponiert worden war.

Bis zum Hals zugeknöpfte Damen, mit verkniffenen Augen und weit geöffneten Mündern, was sie wie Fische auf dem Trockenen aussehen ließ versuchten Schutz in verschlossenen Hauseingängen zu finden. Klammerten sich fest an Mauervorsprüngen, an Gehsteigkanten oder an Dachrinnen, wenn der Wind sie hoch genug gehoben hatte.

Ich frohlockte und jubilierte innerlich. Nach außen blieb ich ganz gelassen.

»Ach Julio, gib mir bitte eine Flasche Pils. Mir ist gerade danach.«

An die Eingangstür klopfte verzweifelt die, die mich vor Kurzem noch in die Hölle schicken wollte. Ihr Strichmund formte Worte die wie »Bitte lasst mich rein« aussahen. Ich prostete ihr mit meinem Pils zu, lächelte sie Optimismus versprühend an und zeigte nach oben. Sollte sie aus meiner Geste doch interpretieren, was sie wollte.

Tja, der liebe Gott sieht eben alles, auch wenn seine Schäfchen mal wieder ein schnelles Geschäft machen wollten und andere übers Ohr zu hauen beabsichtigten.

»Julio, gib mir noch ein Bier, ich glaub ich mach jetzt mal Party.«

Eklige Geschäfte

Haben Sie das auch schon erlebt? Sie gehen am frühen Abend durch ihr Wohnviertel, alle Häuser stehen an ihrem Platz, die Gehwege sind sauber wie eh und je, denn schließlich wohnen Sie nicht in der Wallachei oder im rumänischen Hinterland, sondern ordentlich und gesittet, trotz geringer Miete.

Dennoch, irgendetwas ist anders an diesem Abend. Nicht die Geräusche und auch nicht die Gerüche, nein, die sind gleich und unverändert, außer natürlich es ist Hochsommer und der Duft von Gegrilltem bohrt sich in die Nase und verursacht Wehmut, weil man selber nur über einen Elektrogrill verfügt, da auf dem Balkon über einem die Nachbarin immer ihre Wäsche trocknet und man einem Streit mit ihr lieber aus dem Weg gehen möchte.

Ich, Tino Pieper, der Hausmeister hier, drehe also meine Runde durch mein mir anvertrautes Viertel und wittere. Ich wittere nach der Veränderung, die ich noch nicht bewusst wahrgenommen habe. Ich habe immer ein flaues Gefühl im Magen, wenn ich Veränderungen aus einer Zeitferne ahne, aber noch nicht weiß wie sich die Veränderung anfühlen mag, was sie bewirken wird. Dann erwacht augenblicklich mein detektivischer Instinkt und lässt mich nicht eher ruhen, bis ich mir über etwaige Konsequenzen im klaren bin.

Als Hausmeister bin ich unbedingt darauf angewiesen, jegliche Informationen über Strömungen, Bewegungen und Änderungen in meinem Viertel intuitiv oder auch durch eine versteckte oder offene Denunziation rechtzeitig aufzunehmen um im Bedarfsfall, regulierend oder zumindest präventiv einwirken zu können.

Heinrichstraße.

Eigentlich die allersaubersten Gehwege im Viertel.

Eigentlich!

Ist es nur gelinde Fassungslosigkeit oder schon pures Entsetzen, was meine Sinne zum Rasen bringt?

Vor mir, nur einen Schritt entfernt liegt ein brauner Haufen. Genauer gesagt ein widerlicher Hundekothaufen größeren Ausmaßes auf dem Gehweg.

Wenn das Adrenalin durch den Körper jagt, das Blut in atemberaubendem Tempo durch die Adern und Venen rast, werfen Reflexe ihre Schatten voraus und ersetzen durchdachte Handlungen durch puren Aktionismus. Ich schaute auf meine Armbanduhr, etwas, was ich sehr selten tue und anscheinend einer Aktion geschuldet, nach der mein gepeinigter Körper und überstrapazierter Geist, jetzt verlangte.

19.55 Uhr!

Sonntag!

Die Erkenntnis traf mich wie eine Axt, die den Baum fällt.

In zwanzig Minuten fing der Tatort an und das war für viele Hundebesitzer dieses Viertels Motivation genug, noch mal schnell mit ihren kleinen oder größeren Lieblingen Gassi zu gehen um sich anschließend genüsslich und aus sicherer Entfernung

von den Niederungen der menschlichen Gesellschaft, wohlig schaudernd berieseln lassen zu können, ohne mit einem um Ausgang bettelnden Hund
diskutieren zu müssen.

Die Straßen waren völlig verwaist, obwohl es hier
vor Menschenhundepaaren nur so wimmeln musste. Nichts, nur dieser unappetitliche, eklige Haufen
vor mir auf dem Gehweg. Eine unausgesprochene
Angst lag in der Luft, und mir war schlagartig klar,
dass diese Angst durch dieses Etwas vor mir auf
dem Boden ausgelöst worden sein musste. Keiner
der Hunde, die in diesem Viertel lebten, waren,
schon von ihrer Anatomie her, in der Lage eine
Hinterlassenschaft solcher Größenordnung zu
produzieren und dieses Wissen stellte mich vor ein
Rätsel.

Dieses Rätsel musste ich, stellte ich mir für
Montag als Aufgabe, lösen. Denn eines war völlig
gewiss, unsanktioniert konnte ich diese Tat nicht
auf sich beruhen lassen.

Montag Morgen.

Sie können sich vorstellen, dass ich in der Nacht kaum ein Auge zubekommen hatte. Als Hausmeister hier bin ich nicht nur für das Inventar der Häuser, wie verstopfte Abflussrohre, tropfende Wasserhähne oder undichte Toilettenspülungen verantwortlich, sondern selbstredend auch für eine gewisse Grundordnung auf den Gehwegen. Die Straßen, okay, die Straßen waren Hoheitsgebiet der Polizei, da hatte ich nichts zu melden oder zu sanktionieren. Ich konnte keinen Strafzettel ausstellen und auch keine Geschwindigkeitsüberschreitung ahnden. Nein, was die Straßen anging, war ich machtlos.

Aber nicht auf meinen Gehwegen. Da konnte nicht so ein durchgekautes, speicheltriefendes Kaugummi einfach so hingespuckt werden und Teppichböden ahnungsloser, unschuldiger Mieter verderben. Auch bei achtlos weggeworfenen Zigarettenkippen konnte ich fuchsig werden, schließlich sind die Gehwege hier keine öffentlichen Aschenbecher. Immerhin bin ich Hausmeister aus Leidenschaft

und das ästhetische Gesamtbild des von mir betreuten Wohngebietes ist mir ein wichtiges Anliegen, auch wenn die Mieten niedrig sind und die
Mieter sozialpolitisch, außer bei Kommunalwahlen
und Stimmbegehren höherer Rangordnung, eine
vernachlässigbare Rolle spielen. Ich achte mithilfe
meiner Möglichkeiten immer darauf, dass die
Zukurzgekommenen hier im Viertel nicht noch
kürzer gemacht werden.

Niemand auf den Gehwegen, um morgendliche
Geschäfte zu verrichten. Ich schlenderte zu den
Hausnummern 2 bis 8 der Heinrichstraße, die noch
vor Kurzem gegen die gegenüberliegenden Häuser
1 bis 9 so schmählich eine Schlacht verloren hatten
und klingelte bei Hedwig Brunner, von der ich
wusste, dass sie einen kleinen, schwarzen Spitz
hatte und mit ihrem Mann von seiner Frührente
lebte.

»Ja bitte, wer ist da?«

Kam es mir ängstlich aus der Gegensprechanlage
entgegen.

»Guten Morgen, Tino Pieper hier, ihr Hausmeister«, gab ich mich um Fröhlichkeit bemüht.

»Sind Sie etwa der, der letztens den Wasserwerfer vorbeigeschickt hat?«

Das kam jetzt schon eher zögerlich anklagend.

»Ach Frau Brunner, den hat die Polizei mitgebracht, um ihre Gemüter zu kühlen. Die waren ja von ihrem Schlachtfieber erheblich erhitzt.«

»Meine gute Unterwäsche war danach ganz ruiniert und einen Schnupfen habe ich von dem kalten Wasser auch bekommen.«

Ich lachte in mich hinein und dachte an diese epische Straßenschlacht zurück.

»Da sehen Sie Frau Brunner, hätten Sie sich bei ihrem Ausfall mit einem Morgenmantel gerüstet, hätte zumindest die Unterwäsche keinen Schaden genommen. Frau Brunner eine Frage, was macht eigentlich ihr kleiner Hund? Muss der denn nicht mal Gassi gehen?«

Atemlose Stille baute eine Spannung auf, die mich zum Nachfragen drängte.

»Frau Brunner? Ihr kleiner Hund, muss der denn nicht bald mal sein Geschäft machen? Nicht das der Ihnen noch in die Wohnung pinkelt.«

Die Gegensprechanlage knisterte.

»Also eines will ich einmal klarstellen Herr Hausmeister. Mein Henry war das nicht. So große Haufen kann der gar nicht machen, der Henry ist doch so klein. Nein, mein Henry war das nicht, so winzig der doch ist.«

Mein Einfühlungsvermögen signalisierte mir eindringlich, auf eine vorsichtigere Herangehensweise zurückzugreifen. Dass Henry für diese Provokation nicht verantwortlich sein konnte, war mir mühelos ersichtlich und demzufolge einleuchtend.

»Aber das weiß ich doch Frau Brunner, Ihr kleiner Henry war das ganz bestimmt nicht. Vielleicht könnten Sie mir trotzdem einen Tipp geben, von wem dieses große Geschäft verrichtet worden ist.«

Durch die Gegensprechanlage hörte ich das klägliche Bellen eines Hundes, der ums Gassi gehen bettelt.

»Von mir erfahren Sie nichts Herr Hausmeister. Mit der lege ich mich nicht an und mein kleiner Henry wird nicht mit diesem Ungeheuer kämpfen. Das werde ich mit meiner Hundeleine verhindern. Guten Tag noch Herr Hausmeister.«

Puh, diese Brunner war ziemlich zickig.

Immerhin hatte ich aus ihrer Aussage heraushören können, dass es sich beim Hundehalter um eine Frau handeln musste und der Begriff Ungeheuer erhärtete meinen Verdacht, dass es sich um ein größeres, vielleicht sehr großes Exemplar eines Hundes handeln musste.

Ich wanderte weiter durch meine hundeleeren Straßen; vielleicht würde mir ein Zufall unerwartet helfen, wenn ich einfach nur weiterging und meine Augen offenhielt?

Plötzlich gewahr ich, versteckt hinter einem Gebüsch etwas blaugelb Geblümtes, was dort eindeutig nicht hingehörte. Ich beschleunigte meine Schritte und erkannte, dass das Blumige ein Druck auf Stoff war und dieser von einem ordentlich großen Hintern ausgefüllt war. Die sich etwas verjüngende Taille verriet mir eine Frau, die dort in gebückter Haltung vielleicht irgendetwas suchte.

»Hallo, kann ich behilflich sein?«

Fragte ich vorsichtig, ich wollte die Dame keinesfalls erschrecken oder in irgendeine Verlegenheit bringen.

»Oh ja, das können Sie«, sie richtete sich auf und ich erkannte eine junge Frau, vielleicht etwas über dreißig. »Mein Hündchen hat gerade sein Geschäft gemacht und jetzt hat es sich im Geäst verfangen. Ich komme da nicht so richtig hin um ihn da rauszuholen.«

Kein Wunder dachte ich, sie musste Kleidergröße sechsundvierzig haben, wenn nicht sogar darüber. Ihre ansonsten gesunde Erscheinung ließen mich zu wenig Bewegung und zu viel herzhafte Nahrungsaufnahme als Ursache für ihr Übergewicht vermuten.

»Na dann lassen Sie mich mal machen, das bekommen wir schon hin.«

Ich zwängte mich an ihr vorbei und sah das Hünd-chen eingeklemmt im Unterholz. Ich griff nach ihm, bekam es zu fassen und hob es behutsam hinaus ins Freie. Dankbar leckte der kleine Hund mir die Hand.

»Da sollten Sie in Zukunft aber vorsichtiger sein, wenn Sie Ihren Hund zum Geschäft ausführen«, sagte ich mit spöttischem Tadel in meiner Stimme.

Die Frau, nahm ihren kleinen Racker auf den Arm und sagte, »Wenn das so einfach und gefahrlos wäre. Wissen Sie denn nicht, dass hier in letzter Zeit ein gemeingefährliches Etwas von einem Kö-ter sein Unwesen treibt? Mein Süßer hier ist doch so klein, ich will nicht, dass er tot gebissen wird von dieser ...«

Der zweite Hinweis, zweifelsohne eine interessante Information. Ich musste nachhaken, ob ich noch Genaueres erfahren konnte.

»Können Sie mir denn weitere sachdienliche Hin-weise geben? Ich bin nämlich hier der Hausmeis-ter. Tino Pieper heiße ich.«

»Nein Herr Pieper, das kann ich leider nicht.«

»Aber wo und wann haben Sie das Urviech denn gesehen?«

»Gesehen habe ich gar nichts. Aber gehört habe ich davon und da bin ich lieber einmal vorsichtig. Vorausschauendes Gassigehen heißt es doch, oder?

»Ja, dann noch einen guten Tag, aber ich empfehle beim nächsten mal, eventuell den Bademantel gegen etwas wetterfesteres auszutauschen. Es gibt so selten Badewannen hinter den Gebüschen.«

Ich machte mich wieder auf den Weg, doch wohin sollte er mich führen? Ich hoffte auf einen Zufallstreffer. Aber erst einmal zu Julios Kiosk einen Kaffee trinken und wer weiß, vielleicht wusste er ja etwas, das mir weiterhelfen konnte?

»Na Hausmeistärr, wiedärr kleine Pause eh? Bene, was willse du trinke eh.«

Julio war gut aufgelegt, wie mir schien. Ich bestellte einen großen Kaffee.

»Machte abe viere Euro. Haste Lotto gewonnen Hausmeistärr?«

»Julio, ich spiele kein Lotto, dafür bin ich Junggeselle. Du glaubst gar nicht, wie preiswert ein Leben ohne Frau ist«, sagte ich im Halbscherz.

Julio zwinkerte mir zu und machte eine obzöne Handbewegung.

»Abbe isse einsam im Bettchen auch, unne so kalte Decke, bah.«

Sein eigenwilliger italienischer und sehr starker Dialekt war manchmal schwer erträglich.

Ich schlürfte meinen heißen Kaffee und sann kurz darüber nach, wie recht Julio doch hatte. Ich beschloss für mich, Layla anzurufen. Irgendein Grund würde mir schon einfallen.

Halt! Wieso brachte ich den Hund von Baskerville, also die Bestie die in meinem Viertel ihr Unwesen trieb nicht ins Spiel?

»Julio bitte einen Grappa für dich und noch einen Kaffee für mich«, bestellte ich.

Julio schaute mich mit einem Blick an, als würde ich gerade mein Konto mittels überhöhtem Dispokredit in den Keller fahren.

255

»Isse dir nich gute Cheffe? Grappa isse nich billig und Julio gibte keine Kredite, auche nich dem Hausmeistärr.«

»Den hast du dir Verdient Julio. Also, weg damit.« Er kippte seinen Grappa, und ich den Kaffee, als wäre er ein kühles Blondes.

Sollte ich bei der Polizei anrufen und nach Layla fragen? Blödsinn, das konnte teuer werden, wenn ich die 110 zu Privatzwecken nutzte. Aber ich hatte doch Laylas Handynummer.

Ich wählte.

»Layla?«

»Ja Tino? Was gibt es?«

»Bist du gerade im Dienst? Oder hockst du auf der Couch?«

»Ich sitze im Streifenwagen und baue noch ein paar Überstunden auf. Macht sich gut beim Chef, wenn man sie nicht gerade abbauen will. Hast du ein Problem?«

Tja, hatte ich ein Problem? Sind eklige Geschäfte ein wirkliches Problem?

»Das weiß ich noch nicht so genau. Aber ich will lieber etwas unternehmen, bevor wirklich ein Problem entsteht.«

»Okay, wo bist du, ich komme schnell vorbei.«

»Ich bin bei Julio im Kiosk. Ich warte auf dich.« Lange musste ich nicht warten und Layla fuhr mit ihrem Streifenwagen vor. Blond und uniformiert betrat sie den Kiosk.

Julio schaute verzückt, wie nur ein italienischer Macho verzückt gucken kann und warf sich in die Brust.

»Signorina, bella Signorina. Abe beste Kaffee in Stadte. Oh, bella Poliziotta Kaffee gehte auf Haus. Isse von Julio. Julio nixe Mafia. Julio ganze Nette.«

»Hör auf zu schleimen Julio«, sagte ich, »mache uns zwei Kaffee, *ich* bezahle den schon.«

Beleidigt drehte er sich zu seiner schnaufenden Maschine um.

»Lange nicht gesehen Herr Hausmeister. Was gibt es denn, dass er mich ruft?«

Ich erzählte ihr, was ich bis jetzt gesehen und erfahren hatte.

»Also es geht um einen sehr großen Hund und seine unbekannte Besitzerin. Um sehr große, den Gehweg verschandelnde Geschäfte und um die Angst der Besitzer um ihre Bonsaihunde«, fasste sie zusammen.

»Ganz genau Layla und jetzt müssen wir die Besitzerin des Hundes ausfindig machen und mit ihr ein klärendes Gespräch bezüglich der eckligen Hinterlassenschaften des Hundes führen und wie wir die Sache mit den Ängsten in den Griff bekommen.«

»Nun ja Tino, so schwierig dürfte es ja nicht werden die Frau und den Hund irgendwann auf der Straße anzutreffen. Das Suchgebiet bezieht sich ja nur auf dieses Viertel und so groß ist es nun auch wieder nicht. Mit so einem großen Tier muss man sicherlich drei mal am Tag raus.«

Gesagt getan.

Layla wollte verstärkt Streife im Viertel fahren und auch ihre Kollegen bitten, die Augen offen zu halten und mein Job war es, am Abend und in der Nacht meine Runden zu drehen. Es war nur eine Frage der Zeit, so hofften wir, bis wir das Duo idealerweise in flagranti erwischen würden.

Es vergingen drei Tage und zwei Nächte. Immer wieder entdeckte ich große Hundehaufen und komischerweise immer auf der Heinrichstraße. Niemals woanders. Ich engte strategisch mein Observationsgebiet ein, ohne die anderen Straßen zu vernachlässigen.

In der dritten Nacht, ich ging meine Runde durchs Viertel, gegen Dreiundzwanziguhrdreißig, entdeckte ich sie.

Einen riesenhaften Hund und eine gebeugt vor sich hin schlurfende, anscheinend alte Frau. Meine verdeckte Observation konnte beginnen.

Hinter parkenden Autos und Bäumen immer wieder Deckung suchend folgte ich dem ungleichen Paar in einem gebührenden Abstand, der mich vor Entdeckung schützte, mir aber auch erlaubte die beiden im Auge zu behalten und nicht zu verlieren.

Da es ja kein Verbrechen ist, mit seinem Hund, gleich welcher Größe am Abend oder in der späten Nacht Gassi zu gehen, wollte ich noch nicht in Erscheinung treten und mich zu erkennen geben. Ich musste unbedingt abwarten bis der Hund mir sein Corpus Delicti wie auf einem Präsentierteller auf dem Gehweg hinterließ und die alte Dame sich nicht um die sofortige Beseitigung der Hinterlassenschaft bemühte.

Bei der Größe des Hundes musste ich unwillkürlich an eine Schaufel aus einem Bauhaus und eine Plastikeinkaufstüte aus einem Supermarkt denken. Warum schafften sich Leute nur ein solch großes Tier an, wenn sie nur über eine Zweizimmerwohnung mit einem drei Quadratmeter kleinen Balkon verfügten und dem Tier keinen angemessenen Auslauf bieten konnten? Auf dem Land, vielleicht mit Wiesen und Wäldern, ja da konnte ich mir eine artgerechte Haltung eines solchen Kavenzmannes von Hund gut vorstellen. Aber hier, mit gepflasterten Straßen und wenig Grünanlagen?

Ich griff in die Tasche nach meinem Handy.

»Layla, ich bins Tino«, flüsterte ich und hastete tief gebückt hinter einen parkenden Wagen, »du ich glaube ich habe sie. Sie biegen gerade um die Ecke in die Heinrichstraße. Kannst du herkommen?«

»Alles klar Tino. Verliere sie bloß nicht aus den Augen. Hat der Hund schon was gemacht?«

»Nein, noch nicht. Aber ich vermute der macht gleich auf der Heinrichstraße sein Geschäft, wie beim Letzten mal. Vielleicht hat das eine Bedeutung.«

»Gut Tino, ich bin ganz in deiner Nähe. Ich komme zu Fuß zu dir. Mit dem Wagen könnte ich sie verscheuchen. In zwei Minuten bin ich da.«

»Ja gut, aber halte dich in Deckung. Wir müssen sie in Flagranti erwischen.«

Ich steckte das Handy ein und schlich den beiden weiter hinterher, wobei ich jetzt auch nach Layla Ausschau hielt.

Da, es war so weit.

Hund und Frauchen hielten an und das große Tier

machte diese typische, um sich selbst kreisenden Umdrehungen. Dann ging er in die Hundehocke und begann sich zu Erleichtern. Mir schien, dass die ältlich wirkende Frau ängstlich und die Umgebung beobachtend um sich blickte.

Der Hund war fertig. Die Frau zog kurz und heftig an der Leine und wollte sich schnell vom Ort des Geschehens entfernen.

»Halt, stehen bleiben! Polizei.« Laylas Stimme.

Hund und Frau standen wie erstarrt im Lichtkegel von Laylas Taschenlampe. Ich spurtete los und war flott bei ihnen.

»Ich bin hier der Hausmeister vom Viertel, Tino Pieper. Und wer sind Sie?«

Keine Antwort.

Der Hund folgte seinem Instinkt und knurrte drohend, mit gefletschten Zähnen.

»Einen ziemlich großen Hund haben Sie da«, Layla übernahm, »ist ein Dobermann, nicht war? Halten Sie den gut fest ich möchte nicht auf ihn schießen müssen.«

Die Frau parierte und nahm den Hund eng und fest an die Leine.

»Nun sagen Sie mir einmal, wer Sie sind und wo Sie wohnen. Vielleicht können Sie sich ja ausweisen?«

Die Frau sagte nichts und auch von ihrem Gesicht war außer den Augen hinter einer Brille nichts zu erkennen. Eine eingefleischte Muslimin mit Hund, mitten in der Nacht auf der Straße, konnte ich mir nur schwer vorstellen.

Layla wohl auch nicht.

»Nun nehmen Sie mal das Tuch von Ihrem Gesicht, damit ich Sie richtig sehen kann.«

Die Frau rührte sich nicht, sagte nichts und stand nur resigniert gebeugt da.

Layla griff unvermittelt zu und zog ihr mit einem energischen Ruck das Tuch vom Kopf.

Ich lachte schallend los. Das konnte einfach nicht wahr sein, das war einfach zu grotesk, zu bizarr, beinahe schon drollig.

Vor mir stand mit gesenktem Blick: Torsten Kröll.

»Herr Kröll? Warum verkleiden Sie sich als Frau und seit wann tragen Sie eine Brille?«

Layla sah mich überrascht an und konnte es genau sowenig fassen wie ich, »ja Herr Kröll, das würde auch mich brennend interessieren. Warum ziehen Sie hier diese Komödie ab?«

Kröll hatte nun die Brille abgenommen, richtete sich aus seiner gebeugten Haltung auf und glättete verstohlen seinen Rock.

»Na ja, ich wollte eben einfach nicht erkannt werden. Schließlich bin ich doch erster Vorsitzender der Partei der Patrioten.«

»Aha ...,« kam es von Layla, »und das ist ein Grund für Sie, sich als Frau zu verkleiden, Nachts mit diesem Ungetüm um die Häuser zu schleichen und dessen große Geschäfte einfach auf den Gehwegen liegen zu lassen, dass sich die Leute mit den kleinen Hunden ängstigen auf die Straße zu gehen?«

Ich stand still daneben und überließ Layla das Verhör. Schließlich war sie Polizisten und damit Profi, wenn es darum ging, einem Verdächtigen die Wahrheit aus der Nase zu ziehen, oder ein Geständnis zu erzwingen.

»Das, das ist kein Ungetüm. Das ist Hasso, mein Leibwächter oder besser Bodyguard. Den braucht man, wenn man ein politisches Amt bekleidet.«

Wir hatten Torsten Kröll mit seinem Hasso zwar erwischt, aber von Reue oder etwas Ähnlichem war bei ihm nichts zu bemerken.

»Aber Herr Kröll, warum machen Sie diese Himalayagebirge, die ihr Hasso hier jede Nacht produziert nicht weg? Erstens machen Sie den anderen Hundebesitzern Angst, zweitens ist das mehr als unappetitlich und drittens ist es nicht hinnehmbar, wenn da jemand hineintritt und das überall verteilt, in der Wohnung oder im Auto beispielsweise.«

»Wie bitte? Sie wissen doch wohl, wer ich bin Herr Hausmeister? Ich bin erster Vorsitzender meiner Partei, der PdP. Mit so einem Dreck muss ich mich nicht beschäftigen. Ich habe andere, wichtigere Aufgaben.«

Ich spürte, wie etwas wie Wut und Zorn in mir aufstiegen und Kröll Glück hatte, das Layla mich mit
einem kurzen, blitzenden Blick stoppte und wieder
die Verhörkontrolle übernahm.

»Also Herr Kröll, ich erkenne bei Ihnen kein Un-
rechtsbewusstsein. Sie verkleiden sich und gehen
heimlich nachts mit Ihrem Hasso raus und lassen
seinen Unrat einfach liegen.«

Jetzt wurde Torsten Kröll puterrot im Gesicht und
plusterte sich, Empörung signalisierend auf:

»Jetzt passen Sie einmal gut auf. Bei den nächsten
Bundestagswahlen werden wir und davon bin ich
felsenfest überzeugt, die fünf Prozenthürde mit
Leichtigkeit knacken und in den Bundestag einziehen. Und wissen Sie was? Als erster Vorsitzender
der Partei der Patrioten, jawohl der wahren Patrioten hier in meinem Deutschland, bin ich automatisch als Kanzlerkandidat nominiert. Meine
Antrittsrede fürs Fernsehen habe ich selbstredend
schon fertig geschrieben äh ..., schreiben lassen.
Alles klar jetzt. Ich bin sozusagen bald ihr oberster

Vorgesetzter. Und Ihrer auch Herr Hausmeister Pieper.«

Ich musste Layla bewundern. Wie gelassen sie doch blieb.

»Also jetzt mal ganz langsam Herr Kröll. Ehe Sie Kaiser von Deutschland sind, sind Sie für mich immer noch ein ganz normaler Bürger dieses Landes, der zwar seine Rechte, aber auch seine Pflichten hat. Ich empfehle Ihnen, bevor Sie sich in Purpur zu kleiden gedenken, den eckligen Haufen Ihres Hundes sofort zu entsorgen. In der Zwischenzeit schreibe ich meine Anzeige gegen Sie. Ist ja nur eine Ordnungswidrigkeit. Wenn wir dann damit fertig sind, können Sie sich wieder mit Ihren Parteifreunden treffen und sich noch einmal beraten, was Sie damals in der Schule so über das Prozentrechnen erfahren haben.«

»Ja aber, womit denn?« Kröll hatte den Ernst der Lage erkannt und schien begriffen zu haben, dass mit Layla nicht zu spaßen war.

»Keine Tüte? Keine Schaufel?«

»Nein, beides nicht.«

»Brauchen Sie Ihren Rock denn noch?«

»Meinen Rock?«

»Ja, nehmen Sie Ihren Rock, wenn Sie sonst nichts dabei haben. Als Vorsitzender Ihrer Superpartei, werden Sie doch gelernt haben, das es in der Politik meistens um pragmatische Kompromisslösungen geht. Das mit Ihrem Rock und dem Haufen dort, das ist so eine.«

Torsten Kröll hatte verloren und fügte sich. Ich sah, wie er aus seinem knielangen Rock stieg und sich daran machte, mit allerlei Verrenkungen, nur in seinen Unterhosen, den ekligen Dreck zu beseitigen.

»So Herr Kröll, nachdem dass hier erledigt ist, mache ich Sie darauf aufmerksam, das Ihr Hasso einen Maulkorb tragen muss. Ich werde in meinem Bericht erwähnen, dass er auf mich einen bedrohlichen Eindruck gemacht hat. Möglicherweise müssen Sie mit ihm auch in eine Hundeschule den Hundeführerschein machen. Sie bekommen in den nächsten Tagen alles schriftlich zugeschickt. Schönen Abend noch, Sie können gehen.«

Torsten Kröll trollte sich mit seinem Hasso und er hatte Glück im Unglück, das es Nacht und dunkel war und niemand auf der Straße einen ersten Parteivorsitzenden in seinen Unterhosen sah.

»Du Layla?«

»Ja Tino?«

»Wenn wir ..., wenn du einen Freund oder einen Mann hättest, würdest du den auch in Unterhosen wegjagen?«

»Kommt darauf an Tino. Möchtest du es gerne austesten?«

»Vielleicht sollten wir morgen Abend erst einmal gemeinsam Essen gehen?«

»Wird auch langsam Zeit Tino. Ich dachte schon, du fragst nie.«

»Na ja, die Geschichte damals mit meinem Lottogewinn ...«

»War ja gar keiner. Außerdem musste ich einigen Kätzchen zuvorkommen. Muss ich jetzt zahlen?«

»Bis morgen Layla.«

»Ja bis morgen Tino.«

Impressum

Angaben gemäß § 5 TMG

Michael Uhlworm

Wilseder Weg 48

40468 Düsseldorf

Vertreten durch:

Michael Uhlworm

Kontakt:

Telefon: 0177-5641657

E-Mail: michael.uhlworm@web.de

Autorenseite: michaeluhlworm@blogspot.de

Printed in Poland
by Amazon Fulfillment
Poland Sp. z o.o., Wrocław

52979861R00164